（祐人さんが、いなくなっちゃうかもしれない！）
マリオンは心配なのだ。この襲撃に際して何の躊躇もなく
すぐさま最も危険と思われる男を担当した祐人が。
JN034996

「俺は死鳥！
その名の通り死を運ぶ、
冥府への案内人だ」

「ふざけるな！
お前はただの偏屈野郎だ！」

「どうですかぁー、皆さーん？」
「はーい！　どうかしら？
服装は私なりにアレンジしたわよーん」
サリー扮する瑞穂の姿は……何故か水着。
ブルーの大胆なビキニ姿だった。
さらに、マリオンの姿に変化した嬌子に
全員が目を剥いてしまう。

魔界帰りの劣等能力者

6．二人の仙道使い

たすろう

HJ文庫
928

口絵・本文イラスト　かる

Contents

第1章　闇夜之豹

瑞穂は謎の連中に襲撃を受けた翌日、世界能力者機関日本支部のオフィスに顔を出していた。祐人に確認をお願いされたこともあったが瑞穂自身も気にはなっていたのだ。

明良と共に応接室のソファーに腰を下ろし待っていると支部長の大峰日紗枝と秘書である垣楯志摩が現れた。

「瑞穂ちゃん、いらっしゃい〜。明良君も」

「日紗枝さん、お忙しいところ、時間を作ってくれてありがとうございます」

「いいの、いいの。忙しいのは主に職員と志摩ちゃんだから！　ね、志摩ちゃん」

「いえ、仕事ですから」

そう言うが、見たところ志摩は疲れているようにも見える。

今回の呪いに関する日本政府からの依頼と昨日、瑞穂たちを襲った謎の能力者たちの調査を実質取り仕切っているのは志摩なのだろう。

「垣楯さん、お忙しいところ、すみません」

「あ、瑞穂さん、大丈夫です。はい……慣れてますから」

瑞穂と明良が同時に不憫な秘書に同情する。

日紗枝はその微妙な空気に極力気づかないようにし、志摩の方を見ないようにしながら瑞穂たちの対面のソファーに座る。志摩はこちらを見ようとしない上司をジーッと見つめながら資料とタブレットPCを片手に横へ控えた。

「日紗枝さん、今日来たのは……」

瑞穂が今日の用件を切り出すと日紗枝は表情を硬くし応える。

「分かってるわ。昨日、襲撃してきた連中ね」

「はい」

日紗枝はチラッと志摩を見ると前を向き頷いた。

「まず、こいつらの身元よね。取りあえず、結論から言うわ」

まさか既に調査が済んでいたのかと瑞穂は眉を上げて日紗枝の言葉を待つ。

「こいつらは闇夜之豹だわ」

「……！」

瑞穂は驚きを隠せなかった。いや、調査結果は予想の範囲内でもあった。驚いたのは連中の正体ではない。こんな簡単に正体が割れたというところに驚いたのだ。

瑞穂は、昨日、祐人が言っていた言葉を思い出す。

もし、こいつらが闇夜之豹ならば「馬鹿としか言いようがない」とまで言っていたのだ。

もし、何か目的があって襲ってきたとしても、その尻尾を相手に掴ませるなんてことはプロのすることではない。あの大国の精鋭部隊である闇夜之豹ならば尚更だ。

これだけ簡単に、たった一日で正体が割れるとはどれだけ迂闊なのか。

「日紗枝さん、それは本当でしょうか？　こんなに簡単に闇夜之豹が……」

「瑞穂ちゃんの言っていることは分かるわ。闇夜之豹にしては迂闊すぎるってね」

瑞穂は日紗枝の言葉に慎重に頷く。

「ただ、これは事実よ。何故なら決定的な証拠を所持していたから」

「証拠……それは？」

「認識票よ。中国の暗夜之豹だけが所持している謎の金属でかたどられた小さなカードのようなものよ。いまだに機関でもこの金属が何なのか、分からないんだけどね。私も話に聞いたことがあるだけで見るのは初めてだわ」

日紗枝はそう言うと縦横二、三センチほどしかない拉げた金属をテーブルの上に置いた。

それはまるで高温の火に晒されたかのように半分溶けかかっており原型が定かではない。

瑞穂はその銅色の拉げた認識票に手を伸ばす。

「あ、瑞穂ちゃん、霊力を出さないように気を付けてね」

「え？」

「その金属はね、霊力や魔力を出しながら触れると肉体の中に取り込まれて、完全に同化してしまうそうよ。何者がどのような目的で作ったのかは知らないけど、きっと碌なことにならないわ。まあ、大体、想像はつくけどね。恐らく発信機のような役割や裏切りの防止といったものでしょう。所持者が死ぬと溶けて消えるようになっているとのことだわ」

日紗枝は嫌悪感を隠さずに肩をすくめた。

「こんなものが体の中に……倒した直後に所持品を調べても何も出てこないわけです」

瑞穂は認識票を摘まんで顔の近くでよく確認した。

よく見ると文字が刻印されていた跡が残っており目を凝らす。

「馬雨霖と書かれているわ。【毒腕】という二つ名を持つ闇夜之豹に所属する能力者よ。結構、有名な奴でね。元は上海で暴れていた犯罪組織の頭で、どういう経緯かは分からないけど闇夜之豹にスカウトされた男よ。人身売買から臓器売買に手を染めたとんでもない奴だったらしいけど、かなりの手練れだったと聞いたわ。機関の北京支部所属の能力者も何人かこいつに殺られているの。さすが瑞穂ちゃんね」

「いえ……私だけではなかったので」

瑞穂はそう答えつつ、認識票の溶けたところにも何か文字らしきものが見えるのだが、よく分からない。

「溶けてしまった方にこの認識票を作った奴の名前が刻まれていたのではないかと考えているわ。まだ調査中だけど、多分、呪詛の類のものかもしれない、それだけでは説明がつかないけどね。ただ、これで所属能力者たちを精神的にも肉体的にも支配していたのではないかと考えているわ」

（まさか、そんなことが可能なの？　それにここでも呪詛の可能性……）

瑞穂はこの気味が悪く、得体の知れない認識票を見て眉を寄せた。

そして、新たな疑問が何点か湧いてくる。

「日紗枝さん、何故、これがここにあるんですか？　昨日の連中は死んでいませんし、肉体と同化していたなら取り出せないはずでは？　まさかあの後、死んだんですか？　いや、でもそうであるなら、これは消滅するんですよね？」

瑞穂の当然の疑問に日紗枝は目を細くした。

「昨日の連中は死んだわ。いえ、正確に言うと殺された、というべきかしらね」

「え……!?」

「もちろん、私たちがやったわけではないわ。まあ、普通に考えれば粛清されたんでしょうね。目的は分からないけど、何はともあれ、襲撃は失敗をした。また、それだけにとどまらず、私たちに拘束されるような間抜けな事態を引き起こしたことの罰としてね」

瑞穂は日紗枝の話に顔を強張らせる。想像以上にまともな連中、組織ではない。人の命がどれだけ安く見積もられているのか、と瑞穂は背筋が寒くなった。

それは瑞穂が相手を恐れたということではない。そうではなく、この異常な連中が一度でも一般人の通う自分の母校、聖清女学院に足を踏み入れた、という事実が問題なのだ。

瑞穂は日紗枝と志摩に深刻な顔を向ける。

まだこの認識票がここにあることについての疑問は晴れていないのだ。

日紗枝は瑞穂の表情から言わんとしていることが分かり頷く。

「瑞穂ちゃんの疑問は、実は私たちの疑問でもあるのよ。そいつらは機関の研究所に到着した直後、突然苦しみだして、姿も形も無くなってしまったの。私たちの目の前で、体が液状化して、まるで溶けるようにね。そして、この認識票が落ちてきたのよ」

「そ、そんなことが！」

日紗枝の言うことは瑞穂の想像を超えていて、さすがに驚いた。

機関の研究所は研究室だけでなく捕らえた人外や能力者を収容する部屋があり、尋問のための部屋もある。場所は支部長の執務室のある新宿副都心とは別の場所に設置されており、瑞穂も具体的な場所は知らなかった。

「それがあったのよ。まったく、あんなものを見せられて気分が悪いったら、ありゃしない。当分、ゼリーなんて食べられないわよ、もう……」

瑞穂はそういう問題？　と思うが日紗枝は腕を組みプンプンしながら前を向いた。

「まあ、昨日のことを順番に説明するわ。疑問も謎も残ってはいるけど、起きたこと、そこから考えられること、をね」

瑞穂たちが襲撃を受けた直後、報告を受けた日紗枝は眉間に皺を作った。

「志摩ちゃん、そいつらを研究所の方に。私も行くわ、ちょっと嫌な感じがするのよ。もしかすると日本政府からの依頼と関係があるかもしれない。まさかとは思うけどね」

志摩は日紗枝のこの指示に驚くが真剣な顔になり頷く。

「分かりました、すぐに車を回します」

「お願いね」

志摩はこの不確かな感想ともいうべき指示にも何も言わずに行動に移した。

能力者は一般の人間と比べて勘が鋭い。

特に精霊使いはこの傾向が強いと言われているのだ。実際、日紗枝の勘はよく当たる。

あまり当たって欲しくはないことばかりではあったが、その危機察知能力の高さは機関の支部を預かる者として相応しい能力でもあった。

以前に志摩は日紗枝に瑞穂もやはり勘が鋭いのか？　と聞いたことがある。

その時、日紗枝は苦笑いをした。

「瑞穂ちゃんは激情家だから、精霊たちも気を遣ってしまうのよ。それは精霊たちに愛されている証拠でもあるんだけどね」

志摩はこれを聞き、精霊使いというだけで勘が鋭いというわけではないのだな、と精霊使いたちにも多様性があるのかと考えたことがある。

日紗枝たちが研究所の敷地内に車を駐めると、瑞穂たちを襲った能力者たちを乗せている護送車が入ってきた。

日紗枝と志摩はすぐに車を降り、そのまま護送車に向かう。

「こいつらが瑞穂ちゃんたちを襲ったという連中？」

「はい、そのようです」

気を失い機関特製の縄でがんじがらめにされている襲撃者たちを日紗枝は見つめる。

一人は腐ったような両腕をしており、他の二人は獣人の姿をしており、多種族の因子を取り込んだ古代からの能力者、人狼であることが分かる。

「ふむ、すぐに尋問の準備をして。何が目的なのか吐かせるわ。思念同調能力者とサトリ能力者を待機させておいて」

「分かりました……ああ！　大峰様！」

「え⁉」

志摩が大声を張り上げ襲撃者たちに驚愕の目を向けると日紗枝も目を剥いた。

突然、襲撃者たちは目を覚まし、呻き声を上げ始めたかと思うと、それは段々悲鳴に変わり、強烈な痛みに我を忘れるかのようにのたうち回り始めたのだ。

「ぬわぁぁ！　伯爵様ぁぁ！　お、お許しをぉぉぉ！」

両腕が腐っている男が叫び声をあげると、体中の骨がゴキゴキと音を立てて体中に巻き付けてある縄が緩んでいく。

「志摩ちゃん、これは⁉」

「分かりません！　こ、これは……体が溶けて！」

獣人たちも同じように悶え叫び、体があり得ないほど細くなっていくと地面にはスライムのような液体が溜まりだしていた。獣人たちは激しい苦しみのためか、自らの喉元を鋭い爪のある両手で掴み、めり込んでいく。

「ハッ！　こいつらの体の一部、髪の毛でもいいわ！　切り離して！」

あまりの出来事に日紗枝も唖然とするが咄嗟に機関職員たちに指示を飛ばした。体の一部を残せば液体化を防ぎ、後にサイコメトラーによる調査が出来ると考えたのだ。

驚きで体が硬直していた機関職員は我に返り、機関が用意していた対妖魔、魔獣用の短剣を取りだすと苦しみ悶える獣人の髪の毛を切ろうとした。しかし、機関職員は恐怖と戦いながらの行動でもあったためか短剣の手元が狂う。

だが、むしろそれが幸いした。手元が狂ったおかげで頭を抱えようとした獣人の小指を撥ね飛ばしたのだ。思念を読むのに手の一部の方がやりやすい。

すぐ横では膿に覆われた両腕の男が半身を起こし、首の辺りを掻きむしった。激しい痛みから逃れるためなのであろうが結果的に深く皮膚を破り致命傷となってしまっている。

その時、金属製の小さなカードのようなものが掻きむしった喉元から溢れだす透明な液と共に落ちてくる。

日紗枝がそれを見た途端、膿の男の断末魔の声色が変わる。

「グアァァ！　畜生！　糞伯爵が！　畜生ぉぉ！」

（え……何？　さっきと随分と印象が違うわね。伯爵？　さっきも伯爵と言っていた）

先ほど激しい苦しみの中でも吐いた〝伯爵〟という言葉には敬意が込められていたように感じられた。ところが今はまるで怨念が込められているように吐き捨てている。

やがて襲撃者たちの全身は液状化し、体の表面が水面のように波を打ちつつ溶けて消えていく。獣人も水たまりとなり金属製のカードのようなものだけが残った。

日紗枝は淡々と瑞穂たちに説明を終えた。

「その時に襲撃者たちから落ちてきたのが、その認識票よ」

瑞穂と明良は日紗枝の話を聞くと眉間に皺を寄せる。

「日紗枝さん、いいですか？」

「うん？」

「この認識票は何故、襲撃者……闇夜之豹の能力者と一緒に溶けず残ったんですか？　先ほどの話ですと、この認識票は完全に肉体に同化するっていう話でしたが」

「厳密には分からないわ。体に同化するということもサイコメトラーに認識票と体の一部に残る残留思念を読み取らせたときに分かったものなの。これを作製した術者は余程の自信があるのか、サイコメトラー対策はしてなかった。まあ、それが幸いして私たちはこいつらが闇夜之豹であることや認識票についての情報を手に入れられたんだけどね。ただ……」

日紗枝は認識票に目を移す。

「厳密でなくていいのなら、何個かの理由は想定したわ」

瑞穂は眉を顰めた。

「それは何ですか？」

「あの後すぐに研究所で調査したのだけど、この認識票はさっきも言った通り、対象が触れて霊力か魔力を出すと対象の肉体と同化することが分かったわ」

瑞穂は頷きながら認識票を気味悪げに見つめる。

「それで考えられるのは二つ。一つは何らかの理由で同化しきらなかったこと。たとえば、認識票と同化するのには個人差があるのではないか？　というものよ。可能性は非常に低いけどね。何故なら今回、三人全員が偶然にも同化していなかったとは考えづらい」

「たしかにそうですね。そんな不確かなものでは使えないでしょうし」

「もう一つは……これがもし当たりなら色々とややこしいわ。というのも、また分からないことが増えるの。この可能性もかなり低いのだけどね」

日紗枝は気だるそうに髪をかき上げて志摩の方に目をやる。志摩は日紗枝の視線を受けると頷いた。瑞穂は日紗枝と志摩のこのやり取りを見て、おそらく今から言うものが有力候補なのだろう、と感じ取る。

志摩は瑞穂に向かい説明を始めた。

「この認識票は霊力、魔力に特異的に反応を起こします。ただ今回は、それ以外の〝力〟に強くあてられたのではないか？　という可能性を疑いました」

「それ以外の力？」

「そうです。霊力と魔力ではない、それと同等の力にあてられて認識票に埋め込まれた術式が狂った可能性です」

　瑞穂は話が大まかすぎてピンとこないでいる。志摩はその反応を当然というように説明を続けた。

「物に埋め込む術、ましてやこの認識票に施されたような高度で複雑な術式は繊細です。ましてや発動した際に相手の精神に影響を及ぼし、肉体と完全同化、さらには証拠も残さず同化者を処分できる代物など見たこともありません。これはもう神話級の魔具と言ってもいいくらいです」

「精神にも影響……洗脳ですか？」

「はい、恐らく間違いありません。こんな危険なものを作った者がいるとなると、とんでもないことです。現在、緊急調査をしていますが、まったく解明できておりません」

　たしかに能力者たちにとってこれほど恐ろしいものはない。

　これは能力者限定で強制的に隷属させる機能をもった魔具とも言えるものなのだ。

一体、どんな人物がこれを作製したのか。

しかもすでに一国家の能力者部隊がこの認識票を使い、運用しているという事実。

瑞穂は悪寒を覚えながら深刻な表情で志摩を見つめる。

「先程、サイコメトラー対策がされていないと言いましたが、それは、されなかったのではなくて、これ以上の術式を組み込むことが出来なかったことも考えられます。それだけの複雑繊細な術式です。そこに想定していない強い力が入ってきたら、この術式に狂いが生じることもあるだろう、と考えました」

「それで日紗枝さんたちは、その〝力〟を何だと思っているんですか？」

瑞穂のこの当然の質問を受けると、日紗枝は逆に瑞穂へ問いかけた。

「瑞穂ちゃんは聞いたことはあるかしら？　知っての通り、私たち能力者はほぼそのすべてが霊力と魔力を扱うものに分かれる。でも、もう一つ、あるのよ。滅多にお目にかかれないけどね」

瑞穂はここで目を広げる。日紗枝のその話に瑞穂は思い当たる〝力〟があるのだ。

「まさか……仙道」

瑞穂の出したその答えに日紗枝は感心するような顔を見せる。

「流石ね、瑞穂ちゃん、その通りよ」

「でも、そんなことが……ハッ」

瑞穂は昨日の戦闘を思い出す。仙道の使い手である祐人が二人の獣人に仙気を込めた掌打を与えていた。

「どうしたの？　瑞穂ちゃん」

「あ、いえ、何でもないです。でも、何故、仙道と？」

「はい、謎の多い仙道ですが、いくつかの特性は分かっています。まず、仙道は霊力、魔力と反発することがありません。何といいますか、どちらにも寛容……という表現が合っているか分かりませんが、霊力や魔力とも親和性を持ちつつ、かつ邪魔もしないんです。機関所蔵の文献に『仙道は霊力、魔力の根源で、後に霊力と魔力に分かれた』というものまであり、『霊力と魔力を中和することもある』とあります」

志摩の前で日紗枝は志摩の説明を聞きながら腕を組んだ。

「正直、仙道が何だか分からないんだけど仙道使いは確実にいるのよ。機関でもそいつらを確認した事例が数件あるから。仙道使いは強力な能力者と言い伝えられているけど変わった連中が多いみたいで機関どころか、世間にもあまり興味がないようなのよね。まあ、昔は世捨て人と同義の時代もあったぐらいだから当然と言えば当然なんだけど」

ここで志摩は逸れかかった話を本筋に戻す。

「はい、それで今回の件です。今回の襲撃者たちは何らかの形で仙道の力を受けることがあったのではないか？　という仮定が出ました。というのも、この仙道の霊力、魔力を中和するという点です」

「中和……ですか」

志摩の話は闇夜之豹の認識票のことだが、瑞穂は祐人のあの力の発動条件が頭に過(よぎ)り、複雑な表情になった。

「可能性が低いことは否(いな)めません。これは起きた事実と今持っている知識、情報を使い、消去法で出した仮説です」

（でも……やはりおかしい）

瑞穂は考え込む。もし、これが本当であれば祐人が手を下した獣人の方は説明がつく。しかし、もう一人の両腕が膿で覆われた男の方はどうしても説明がつかない。そちらには祐人は攻撃(こうげき)をしていないのだ。ところが認識票は全員から出てきた。

日紗枝は嘆息(たんそく)してソファーに背中を預けた。

「まあ、これ以上、考えても仕方ないわ。仙道使いとなると信憑性(しんぴょうせい)が一気に落ちるしね。それよりも重要なのは闇夜之豹が機関所属の能力者……瑞穂ちゃんたちを襲撃してきたという事実よ」

瑞穂はハッとしたように顔を上げる。

　すると日紗枝の眼光が鋭くなった。

「これは機関としても看過できないわ。こちらに落ち度がないのに仕掛けてきたんだから。当然、私たちも黙っているわけにはいかない。正直、やり合いたくはないけど機関として舐められるわけにはいかないの。今、国家間で能力者の囲い込みの流れが強くなっているのよ。あのミレマーでの事態を見てね」

「え⁉」

「あ、瑞穂ちゃんたちのせいではないから心配しないで。でも考えてもみて。小国とはいえ、一部の能力者が一国家を転覆させる直前にまで追い込んだのよ。しかも、それを止めたのもいまだに正体の分からない能力者と思われる謎の存在。これじゃあね、そういう流れが生まれるのも分からないでもないんだけどね」

「結果的に能力者の力が誇示されてしまった、と」

「そうよ。でもこれは機関にとってはいい状況じゃない。どんな理由であれ、能力者が国家の犬として扱われるのであれば大昔に逆戻りだわ。これでは機関の理念である能力者たちの社会参画に反する。だからね、中央亜細亜人民国には悪いけど、ちょっと強めなお灸をすえさせてもらうわ。機関の力を誇示するためにもね。それは今の能力者の囲い込みに走る国家に釘をさす意味もある」

瑞穂は祐人のしたことがこんなところに影響を与えていることに額から汗を流す。

しかも事は国家レベルだ。

(祐人、大変なことになってるわよ！)

日紗枝は瑞穂の表情が硬くなっているように見え、安心させるように笑いかける。

「あはは、大丈夫よ、瑞穂ちゃん。ちょっと政治的な話で驚いちゃったかな。別に全面的に中国と戦争するという話ではないから。ちょっと恥をかかせて機関の底力を世界に見せつけるだけだから」

「はい……分かっています」

すると日紗枝が打って変わって薄暗い笑みを見せた。

「それにね、今回の呪詛の件では日本政府に穏便にと言われていたけど、この件に関して止められる謂れはないわ。こちらには襲撃してきた理由を突き止める権利がある。そして何よりも！　私の可愛い従妹に手を出したことを後悔させるわ。さらにマリオンさんは四天寺の客人。もう遠慮する理由は何もないわね。ふふふ……」

日紗枝の笑みに引き気味になる瑞穂と志摩の横で今まで黙っていた明良が口を開いた。

「では、今回、闇夜之豹が瑞穂様たちを襲撃した理由は分からず終いということですか。

呪詛の件との関連性も」

「今のところは……ね。もちろん、そちらの調査も進めていくわ」

日紗枝は真剣な顔でそう言うと瑞穂に顔を向ける。

「実は瑞穂ちゃんが呪詛の件で動いていたのを聞いた時は驚いたのよ。偶然、機関の案件と重なったから。でもこれからは全部、機関で預かるわ。内容が内容だしね。いくら瑞穂ちゃんやマリオンさんでも相手が大国では荷が重いでしょう」

「え!? ちょっと待って下さ……」

異議を唱えようとする瑞穂を日紗枝は手を上げて制止した。

「今回は駄目よ。いくら何でも新人たちで中国とやり合わせるなんてできっこないわ。しかも戦い方も微妙なのよ。ただ戦って勝てばいいわけじゃないわ。政治的な側面も考えなくてはならないの。全面戦争までは考えていないんだから。動かす能力者の人選も慎重に考えなければならない。場合によっては日本支部だけの問題ではなくなってしまうわ。もちろん、日本支部だけで解決したいと考えているけどね」

「じゃあ日紗枝さん、私たちに依頼を出して下さい！」

瑞穂は食い下がる。どうしても、ここで手を引きたくはない。百歩譲って襲撃の件はいい。しかし呪詛の件に関しては違う。瑞穂のクラスメイトが被害に遭っているのだ。

そして昨日、その法月秋子の状態を見た今は黙って人に任せるなんてことは瑞穂には出来なかった。

「襲撃の件はいいです。お任せします。でも、せめて、呪詛の件に関しては私たちに」

瑞穂の真剣な眼差しを受け、日紗枝は困ったように志摩のほうに目を向ける。

志摩は心苦し気な表情を見せるが首を横に振った。

「呪詛に関してはすでに蛇喰家に依頼を出しています。それにこの件は日本政府が水面下で中国と接触している状況ですので、こちらが表立ってかき混ぜるわけにはいきません。私たちが動くのはあくまで闇夜之豹が機関所属の能力者に襲撃をしてきたことに対するものです」

「でも呪詛を仕掛けてきたのも襲撃してきたのも闇夜之豹じゃないですか！　しかも襲われたのは私たちなんです！　それに呪詛にかかったのは私のクラスメイトで今も苦しんでいるんです！」

「瑞穂様、ここは日紗枝さんに任せて……」

「明良は黙ってて！」

激高した瑞穂を明良が宥めようとするが止まらない。

瑞穂は日紗枝に今まで向けたことのない強い視線を送った。

「私たちに依頼を出さないのであればそれでいいです。それなら私たちは独自に動かせてもらいます。能力者の自主独立は機関も認めているところですよね、日紗枝さん」

「そうね……故なく一般人に危害を加えることがなければ、ね」

そう答えながら今、日紗枝は瑞穂の成長を測っていた。

実は日紗枝は場合によっては瑞穂に依頼をしても良いとすら考えていた。

元々瑞穂は正義感が強く、真っ直ぐな性格をしている。それは個性としては好ましいものだろう。だがその分、感情的になる悪癖がある。

今後、高位の人外や手練れの能力者と相対するとき、常に冷静さを持ち合わせていなければならない。天才と謳われ、ランクAの瑞穂でもこの冷静さがないために格下に足を掬われることがあるのだ。掬われてからでは遅い。

瑞穂の動機はいい。それは良心と正義感から来るものなのだから。

しかし感情に任せて幼稚で力ずくの行動をするのならば瑞穂の成長に益するものは何もない。たとえ個人的に動くと主張しようが、この案件に関わることを許さないつもりでいた。

「では、私たち三人は自由にやらせてもらいます。そちらにはご迷惑はお掛けしません。機関とは関係なく、自分たちの責任で行動します」

日紗枝は瑞穂の決意の籠ったセリフを聞いていたが、一つだけ気になる点があった。

「三人？ 一人は当然、マリオンさんだろうけど、もう一人は？」

「今回、私が自分で依頼を出した同期の堂杜祐人です」

日紗枝が一瞬だけ驚くように目を見開いた。そして、後ろに控える志摩もピクッと眉を動かす。日紗枝はすぐに表情を戻すと瑞穂に問いかけた。

「ふむ、堂杜君……前回、瑞穂ちゃんたちとミレマーに行ってもらったランクDの子だったわね。一応聞くけど何故、堂杜君に依頼をかけたの？ 彼は呪詛等に詳しいの？ 同期だから？」

瑞穂は日紗枝の質問の意図が分からなかったが、自分の思ったことをそのまま答える。

「違います。それと彼は呪詛等の専門ではありません。ただ、彼は私たちにはない状況判断力があります。彼のこの能力はこの呪詛を仕掛けてきた大元を特定するのに有益だと考えました」

日紗枝は内心、感心した。いや、大したことを言っているわけではないが以前の瑞穂だったら他人をこのように評価しない。ミレマーから帰ってきて一皮むけているのが分かり嬉しかったのだ。だが当然、表情には出さない。

「それで独自に動くということだったけど、どうするつもりだったの？」

「細部までは決めてなかったですが、大まかに言えば隠密(おんみつ)行動に自信のある祐人を潜入(せんにゅう)させて、今回の呪詛に使われた祭器等を破壊(はかい)するつもりでした。私とマリオンはそのバックアップになると思います」

随分といい加減な作戦に聞こえたが日紗枝は場合によってはいい加減にはならないとも思う。というのも、潜入する者の能力が作戦の精度と意味を大きく左右するのだ。

つまりこの場合、潜入役の祐人の能力如何(いかん)で素晴(すば)らしい作戦にもなり、馬鹿げた作戦にもなる。

日紗枝は瑞穂とマリオンがこれくらいのことは分かっているはずだと考える。ということは、この世界能力者機関での将来を嘱望(しょくぼう)されている二人の少女がいける、と判断した結果だと推測した。

また何よりも日紗枝個人が面白(おもしろ)いと思うのはあの唯我独尊(ゆいがどくそん)だった四天寺瑞穂がその主役とも言える役割をランクDの少年に譲り、自身はバックアップに回ると明言している点だ。

「そんな重要な役割をランクDの堂杜君に？　正直、作戦と呼ぶには頼(たよ)りないと思うけど」

瑞穂は日紗枝の言葉を聞き、大人びた表情で苦笑いをした。

目上の人間に対してする態度ではない。だが日紗枝はこの瑞穂の反応を見て余計に興味が湧いてくる。その堂杜祐人という少年に。

「祐人ならやります。それに潜入先で不測の事態があった場合、私とマリオンでは咄嗟の機転が利かないですが祐人なら可能です。何よりも能力的に私とマリオンよりも隠密行動が優れているのは明らかですから」

「ふむ……」

瑞穂はまるで誰かの顔を思い浮かべたかのように苦笑いをするとすぐに目を開け、強い意志の籠った視線を日紗枝と志摩に送った。

「それに彼の能力は多くの点で私とマリオンを超えています」

「……!?」

「もちろん、今言った能力の中には戦闘力も含まれています。以前にも伝えたと思いますが、彼と一対一で戦って私は勝てる気がまったくしません。今は、ですが。でも、これが私とマリオンがこの作戦を選んだ理由です」

瑞穂のこの言葉に応接室が静寂に包まれた。

横で聞いている明良が最も驚いている。

日紗枝は瑞穂の目を見ると瑞穂もその視線を正面から受け止める。

暫くして日紗枝はニッと笑い、口を開いた。

「分かったわ、瑞穂ちゃん。あなたたちに依頼を出します」

「え……本当ですか⁉　日紗枝さん」

「ええ、ここは瑞穂ちゃんの判断を信じるわ。後で正式に依頼を出すから待ってて。それと機関は全面的にバックアップするから何でも言ってね。中国に潜入するにも色々と裏技が必要でしょう。それにいきなりランクAの瑞穂ちゃんが動かないで良かったわ。初手としてはランクDの堂杜君に動いてもらうのがいいしね」

「ありがとうございます！」

その後、志摩も交えていくつか言葉を交わし、瑞穂と明良は応接室を出て行った。

瑞穂たちが出て行き、静かに感じられる応接室で日紗枝と志摩は無言で目を合わせた。

志摩は先ほどまで瑞穂の座っていたソファーに腰を下ろす。

「大峰様……先ほどの話、驚きました」

「そうね、でも瑞穂ちゃんには悪いけど、これは一石二鳥ね」

「はい、偶然とはいえ、良いタイミングでした」

「あー、嫌だ嫌だ。大人ってこういうことを平気でするのよねぇ。しかも恩着せがましく」

「そんなこと仰らないで下さい。堂杜君の名前が出なくても大峰様は瑞穂さんに依頼を出したんじゃないですか？」

「それはどうだかね～」

両手を枕に伸びをしながら日紗枝は応える。

志摩は日紗枝の姿に軽く笑みをこぼすと真剣な顔に戻った。

「堂杜祐人……前回の新人試験でランクDを取得した天然能力者。そして機関からの初依頼がミレマーでのマットウ准将、現首相の護衛……」

日紗枝は前を向き、顎に手を添えた。

「正直、まさかとは思うけどね。でも、本部のバルトロさんの依頼なら断れないしね」

「はい、私もこんな新人の少年がスルトの剣の壊滅に関係した可能性があるとは信じられません。しかも備考には新人試験時のノスフェラク討伐も関係したのではないか？　とも書かれています」

「それはさすがにないと思うわ。あれは瑞穂ちゃんとマリオンさん、黄家のボンボンが倒したってことで落ち着いているじゃない。それにそこには私もいたんだから……」

「はい……ですが、彼の存在を大峰様は覚えていません」

日紗枝はこの指摘に目を細める。

「そして、ミレマーでも同じ報告が上がってきています。だれも堂杜君のことは覚えていなかったんです。関係したはずの人たちも含めて。しかも私たちも派遣していたことを瑞穂さんとマリオンさんに言われるまで覚えていませんでした」

志摩と日紗枝は互いに見つめ合う。

「……似ていませんか？　この二つの状況。もしバルトロ様の調査による仮説が当たっていたら……機関はとんでもない戦力を持つ少年を手に入れたことになります」

日紗枝はその志摩の言葉に返答はせず、応接室に広がる大きな窓から日の落ちてきた新宿のビル群に目を移した。

「とんでもなく薄い仮説よ、志摩ちゃん。まあ今回、彼の動きをよくトレースしましょう」

「はい……」

会話を打ち切った日紗枝は支部長室に姿を消し、志摩は目だけで見送った。

日も暮れ辺りは既に暗くなってきた。

祐人は女学院にあてがわれた急造の男子寮の自室で常設されているコーヒーメーカーの前に立つ。

「コーヒーいる？　ここすごいんだよ。試験生のために急いで建てたというわりにホテルみたいで」

「いや、もう行きますんでいいですよ、旦那」

祐人はコーヒーをどうやって淹れるのか一瞬分からず、ジーッとコーヒーメーカーを睨むと招いた友人に顔を向けた。

「ごめん、ガストン。また変な事を頼んで」

ガストンは嬉しそうにニイと笑うと部屋の中に設置されていたテーブルに肘をつく。

「いいんですよ、旦那。実は商品の買い入れに中国には行こうと思っていたので、旦那の頼みはやぶさかではなかったんです。私はヨーロッパの古美術には目が利くんですが、中国のものは分かりません。ちょっと自分の力を試しに行きたかったんですよ～」

「ああ、それなら良かったよ。ガストンの仕事の邪魔にならないならさ」

「なに言ってるんですか。困ったらすぐに相談してください、旦那」

「ほら、ガストンにも自分の時間があるし……そういえば仕事の方はどうなの？」

祐人の問いにガストンは腕を組み、鼻から息を出した。

「ぼちぼちっていうところですかね～。力を使えば、そりゃ売れますけど、私は実力でやってみたいんですよ」

祐人はようやくコーヒーを淹れるとガストンの前に差し出す。祐人は座りながらガストンが自分の力だけで頑張ろうとしていることに笑みが零れる。

「まだ始めたばかりじゃない。焦らずにやってみなよ。あ、中国でもガストンの古美術品は売れんじゃないの？」

「ああ、そうですね。どうせ行くんですから、ついでにこちらからも商品を持っていって売ってくるのもいいかもしれませんね！　どうやって商売していいのか調べてみます」

「ガストン、今回の相手は国家お抱えの能力者集団だから気を付けてね。相当に危険な組織かもしれない。頼んでいる僕が言うのもなんだけど……」

「あはは、大丈夫ですよ～、旦那。だって私はいつか旦那の役に立つかもって〝ＳＰＩＲＩＴ〟にも〝ＨＡＬＬＵＣＩＮＡＴＩＯＮＳ〟にも潜入したことがありますから」

「……は？　何それ？　スピリット……ハルシネイションズ？」

「あ、何でもないです」

祐人が怪しげな目でガストンを睨むがガストンはあらぬ方向に目をやり、いらないと言っていたコーヒーに手をつけた。

「ガストン……お前」

祐人が何か言いかけると祐人の携帯が鳴る。画面には四天寺瑞穂と表示されていた。

「あ、旦那、電話ですよ。早く出ないと相手に失礼です、はい」

むむう、と釈然としない顔で祐人は携帯に出る。

「もしもし、瑞穂さん？　うんうん……え、正式に機関の！　それなら大手を振って動けるね！　うん、分かった、今から外に出るよ」

祐人は瑞穂から日紗枝とのやりとりの説明を受けながら大きく頷いた。

この時、ふと祐人がガストンを見るとガストンは何故かホッとしたような表情でコーヒーを飲んでいる。まるで話題が変わって良かったと言っているみたいだ。

「瑞穂さん、ちょっと話が飛んでごめん。聞きたいことがあるんだけど……うん。うんとさ、スピリットとかハルシネイションズって聞いたことがる？」

祐人の質問を聞いて大きく目を見開き、コーヒーを噴き出しそうになるガストン。

「うん、ごめん。うん……うん……え？　え――!?」

今度は祐人が大きく目を開けて飛び上がる。

「あ、いや！　何でもないよ！　ごめん、今すぐに校門のところに行く。うん、分かった」

携帯を切る祐人。かすかに額に血管が浮き出ている。

「ガ、ガストン、お前ぇぇ。また普段から無用に危ないことをぉぉ!!　って、あれ？」

ガストンは既にいなかった。

祐人は飲みかけのコーヒーだけがあるガストンの席を見る。

「まぁた、逃げやがったー！　馬鹿ガストン！　アメリカとイギリスの能力者組織に潜入って、何やってんだ!!　危険すぎるでしょうがぁ！」

この叫びを独り言にさせられた祐人はテーブルをグーで叩くのだった。

祐人が寮を出て校門の前に顔を出すと明良の運転する高級車が門の前で停まり、後部座席から瑞穂が顔を出した。

「明良はここで待ってて」

瑞穂はそう言うと祐人と校門から見えるところに設置してあるベンチに座った。そこで祐人は瑞穂から改めて機関でのやりとりを聞き、眉を顰めた。

「その認識票が仙道で狂わされた？」

「ええ、そう言っていたわ。まだ原因は完全に特定できていないようだけど」

「うーん、あり得なくはないのかな。でも、おかしいよね、僕が仙氣で攻撃したのはあの獣のような奴ら二人だけだよ。もう一人は僕の仙氣の影響は受けていないはず」

祐人は顎に親指を当てて考え込むような仕草をする。

「そうなのよ。私もそこがおかしいと思っていたのよ。それで電話じゃ聞けないから、ここに寄ったの。明良がいるしね」

「ちょっと分からないね。その仮定自体が間違えているかもしれないし」

「そうね」

「まさか、その毒腕っていう能力者、僕以外の仙道使いに会っている……ハッ」

（あの時、一瞬だったけど凄まじいプレッシャーを感じた。あの感じは仙氣……いや、一瞬すぎて分からない。それにそうだと仮定してもおかしい。敵の仙道使いが自分の味方の闇夜之豹の認識票を破壊なんてしないはず）

　祐人が呟いた言葉に瑞穂は驚きながら祐人に顔を向けた。

「そんなことがあり得るの？　祐人。それに私はどの程度の数の仙道使いがいるのか知らないわ。また、どんな奴らなのかも」

「どれくらいの数……というのは、僕も知らないんだ。ただ本来はこちらから何かをしなければ関わるような人種じゃないと思うよ。僕も師匠ぐらいしか知らないけど、何というか、変人……じゃなくて、周りに興味なく自分のことだけ気にしている感じだから」

「ふむ……どうやら考えても仕方なさそうね。ただ、襲撃してきた理由はいまだに分からないままだから、また何らかの形で仕掛けてくるかもしれないわ。ここは警戒しましょう」

「そうだね。あ、それなら瑞穂さんたちも一時的に学院の女子寮に来られないかな。僕たちの中に標的がいるのなら、瑞穂さんかマリオンさんの可能性が高いと思うんだよ」

「それは出来なくもないでしょうけど、すぐには難しいわね。祐人が言っているのは……マリオンね？」

瑞穂は祐人の言うことの言外の意味を受け取る。

「うん……ただ、確証はないんだ。感覚的な部分もあるんだけど、あの時の襲撃は何度思い返してもマリオンさんを意識しているように見えた」

「そうなのね……」

「瑞穂さんの実家はここより安全だと思うんだけど、学院までの移動時が一番危ない。敵にまだ執着する理由があるのなら、この時を絶対狙うと思うんだ。さすがに街中でやるとは考えづらいと思ったけど学院の中で平気で仕掛けてきた。そうなるとあり得る、と思って行動した方がいいと思うんだ」

「そうだとすると本当に厄介だわ。街中で襲撃されるとなると精霊術の攻撃範囲から考えて、一般人に被害を及ぼす可能性が高くて本気は出せないし力が半減するわ。とはいえ、すぐには寮に入れないし」

「うーん……あ、分かった！」

「どうするの？」

「中国に潜入しに行くまでは僕が瑞穂さんの家まで毎回、送り迎えをするよ」

「え⁉」

「接近戦なら乱戦だろうが僕は得意だよ。まあ、何もないに越したことはないんだけど」

（そ、それって祐人が私の家に来るってこと⁉　あ、送り迎えだから門の前までだけど……でも一度も家にあげないのは失礼……そう、失礼よね！）

「うん？　ああ……難しいかな？　瑞穂さん」

瑞穂が顔を硬直させているのを見て、祐人は能力者の名門である四天寺家に門の前まで迎えに行くのは失礼なのかと考えて気を遣う。

（あ、そうか！　その前に女の子が家の場所を教えるのは嫌かもしれないんだ。でもなぁ、今回は心配だし……）

「瑞穂さん、送り迎えは家の目の前じゃなくてもいいよ。すぐ近くのところとか指定の場所でも構わないから……」

「え？　あ、違うわよ！　そ、そうね、お願いするわ。狙われている可能性の高いマリオンのためだし！」

「う、うん、分かった。じゃあ、明日の朝に迎えに行くよ！」

瑞穂が大きな声を出したのでちょっとだけ体を仰け反らせる祐人。

その後、瑞穂から送り迎えの段取りはメールで連絡するということになり、祐人と瑞穂は別れた。

真っ暗になった学院敷地内を歩きながら、祐人は先程の闇夜之豹の認識票の件を思い出していた。

（仙道使い……か。ちょっかいさえ出さなければ何もぶつかるはずはない人種のはず）

そこで祐人は歩みを止め、顔を強張らせる。

（そういえば師匠から聞いたことがあった。仙道使いの中には悪仙や邪仙と呼ばれる混沌を尊ぶ連中がいるって。まさか……いや、まだ証拠はない。機関の調査が進むのを待つか、もし襲撃があったらその場で吐かせる）

数秒、祐人は真剣な顔でその場に立っていたが、再び自室に向かい今後のこと……今回の呪詛を仕掛けた術者に考えを巡らせた。

第2章 燕止水

「あ、止水！」

死鳥の二つ名を持つ燕止水は中国の都市上海の煩雑で豪奢な繁華街から外れた雑居マンションの一室に姿を現した。

声を上げた燕志平は止水に走り寄る。

志平はまだ十六歳の少年だがその顔は日焼けし落ち着いた容貌をしており、体は痩せてはいるが農作業等で鍛えられた腕の筋肉がTシャツの袖から覗いていた。

この雑居マンションはこの国に来ればよく見かけるマンション、アパートがまるで渋滞を起こしたように乱立している区画に位置していた。

本来、このマンションは各階に十数世帯ほど入居できるように設計されており、実際、つい数週間前まではすべての部屋に住人たちがいた。

ところが数週間前、このマンションに政府の人間がやって来たかと思うと入居者たちを強引に追い出し、突然、転居先を指定してきたのだ。住人たちは理解が追いつかず、呆然としていると、すぐに建築業者がやってきて世帯間の壁をなんの躊躇もなく破壊し始めた。

この横暴な仕打ちに居住人たちも抵抗をしたが、政府の役人に逆らい続けることなどこの国ではできない。結局、住人たちは泣き叫ぶ子供たちを抱えて、住み慣れたこのマンションを放棄せざるをえなかった。

壁を取り払い、広さだけは十分に確保された殺風景なリビングで、止水は志平の横を無言で通り過ぎる。そして一番奥の部屋に向かった。

何も言わぬ止水の後ろ姿を志平は心細さと怒りの混ざった表情で睨みつけ拳を握る。

「止水！　何がどうなってんだよ！　突然、こんなところに連れてこられてさ！　なんなんだよ、一体、あいつらは！」

止水は何も答えずに奥の部屋に入っていった。

「止水、聞いてんのかよ！　畑も家畜もこのままほったらかしてたら駄目になっちまうよ！そうしたら俺たちも子供たちも野垂れ死にだ！　止水、何とか言えよ！」

志平が止水の入っていった部屋に向かって怒鳴りつけていると止水は六尺ほどある黒塗りの棒……棍と分厚い封筒を持って現れた。

「し、止水……⁉」

黒塗りの棍を持って現れた止水に志平は思わず言葉を失った。

志平はしばらく見ることがなかったその棍のことを覚えていた。それはまだ自分が幼い頃、止水と初めて出会ったときに止水が手にしていたものだったのだ。

（それは止水がうちに来た時の唯一の所持品。止水は一体どこに行くつもりで……）

◆

志平は幼い頃から蘇州の州境のインフラも整わない土地に住んでおり、車の行き来もままならない、まるで外界と隔離されているようなところに家があった。

志平が物心ついたときにはすでに父親はおらず、母親と共に畑を守りつつ自給自足で細々と暮らしていた。暮らしはとても貧しいものではあったが志平は寂しくはなかった。

というのも母親である思思は変わり者で身寄りがなく捨てられた子供を見つけると、自分たちの生活は楽でもないのに家に招いて秘密裏に面倒を見始めたのだ。

そのため、志平は血のつながりのない弟や妹たちの面倒をみながらの生活となり、寂しいと思う暇さえなかったと言える。

こういった捨て子のほとんどは戸籍がなく、書類上では存在しない子供たちである。

当時、この国は人口調整のため子供を一人しか生んではいけないという極端な政策を実施していた。ところがこの国の国民性として子供が宝という考え方があり、また、貧しい農村部では子供イコール労働力でもあったため、密かに何人も子供をもうける人たちがいたのだ。

当然、それは違法で生まれた子供であり届け出はされない。そのため書類上存在していないことになる。もしバレれば厳しく罰せられ、高額の罰金が発生するために政府の調査が入りそうになると証拠隠滅のために捨てられる子供が出てきてしまう。

そもそも貧しいから労働力になる子供を産んでいるのに罰金など払えるわけがない。

また、こういった子は違法であるために犯罪組織に拉致されても訴えることもできず、それどころか時にはそれをネタに強請られるといった貧しい農村部の現状があった。

そういった環境で最も被害を受けるのは結局子供たちだ。

山奥に住み世相に疎いはずの思思がこれらの事情をすべて知り、心を痛めていたかは分からない。とはいえ、見つかれば厳しく罰せられるくらいは知っていたはずだ。

だが思思はそういった子たちをやさしく迎え入れて面倒をみていた。

やがて思思のこの行動は知る人ぞ知る噂になった。

すると早朝、山奥の一軒家であるはずの家の前に捨てられている赤子や、突然夜中に泣きながら扉を叩く子供たちが現れるようになった。

その度に思思は何も言わず、その子たちを家の中に招き入れた。

その様子を草むらから見送る子供を捨てた親たちの視線に気づきながら……。


そして、八年前に止水がやって来た。

それは小雨のぱらついた闇の深い夜だった。

「うん？　山から熊か猪でも来たかもしれないね。ちょっと見て来ようか」

野生の猪などが畑を荒らすことはよくあることだ。思思はそう言うと鍬を片手に、増えた子供たちのために無理やり増築した頼りない家の外に出た。志平も思思に従う。

月のない山の夜は真っ暗というより真っ黒な視界。懐中電灯などないので家にある貴重なたいまつを持参した。

八歳の志平が火をつけて林を照らすと燕親子はそこで人間らしき人影を目にした。

さすがの思思も緊張気味に声を上げる。

「そこにいるのは誰だい？」

返事はない。

思思は続けて声を上げる。

「もし、子供がいるんならこちらに置いて帰りな」

それでも返事はなく思思と志平は顔を見合わせると恐る恐る林に近づきたいまつを前方に掲げた。

二人の視界に……全身血まみれで倒れている男が映る。

「あんた！　大丈夫かい⁉」

思思がとっさに近づき、倒れた男の頬を叩いた。

それが今、目の前にいる止水である。

止水は黒塗りの棍を握りながら気を失い倒れていた。

まだ幼かった志平は立ち上がった思思の手を強く握り、倒れた男を見つめながら恐怖と不安に抗った記憶が蘇る。

その後、母親である思思が得体のしれないこの男を何とか担ぎ、家に招き入れて看病を行うことが志平には不思議でならなかった。

止水は深刻な怪我からは想像ができないほどの短期間で回復し、床から出てきた。何も語らないこの男は当初は何もせず、外に出てただただ志平たちの畑を眺めていた。

志平はこの止水を気味悪がり、早く追い出すべきだと思思に伝えると思思は、

「まあ、そのうちにね。ただ、今は放っておきな」

と、言うだけであった。

数日後、この得体のしれない男は何を思ったのか、突然、黙々と畑仕事を手伝い始めた。

また、子供たちが何故かこの男に懐き、家畜の世話の手伝いのかたわら、悪戯やちょっかいをだす。

その度に志平は止水が激高しないかと肝を冷やしたが止水は淡々と何も言わずに誰よりも多く、そして誰よりも遅くまで働いた。

これは思思の負担を大分、和らげた。

志平は母親である思思の精力的で何事にも前向きな言動に感化されており、息子として思思を尊敬していた。とはいえ明らかな日々のオーバーワークで母の体を心配していた。

そのためか無口で働き者の止水を徐々に認めていくようになった。

また、止水はたまに山や森に入り、山菜とりや猪などを捕まえてきてくれて食卓の栄養源が増して思思を喜ばせた。

その後、言葉少なではあるが止水は狩りの方法を志平や子供たちに教え、志平などは最近になって護身術まで教えてもらっている。

出会ってから八年。今や志平にとって最も身近な大人の男は止水であった。

母は昨年、明らかに過労が原因で亡くなった。

しかし、止水がいなかったら母はもっと早く亡くなっていただろうと志平は心から信じている。

そしてあの日、止水が持っていた棍は止水を助けたときからボロボロの物置に立てかけられており、志平は出会って以来、その棍を握った止水を見たことはなかった。

今、その棍を持って立っている止水を見ていると心の中に湧き上がる不安が漂った。

止水は志平に目をやり、いつも通りの少ない言葉を発する。

「子供たちはどうした」

「あいつらがどこかに連れてった。いろいろと美味いもんを食べさせてやるとか、服とかおもちゃを買ってやるって言ってね」

志平は玄関の外で自分たちを見張るように立っている男たちの方向を親指でさした。

「そうか……」

止水はそれだけ言うと棍を持つ逆の手で封筒を差し出した。

「志平、これを」

志平は怪訝そうに止水の差しだしたその分厚く張り詰めた封筒を受け取る。

志平はその封筒からずっしりとした重さを感じ、中を確認した。

「これは！　止水……」

「これは手付金だ。依頼された仕事が終わればこの三十倍はくれるそうだ。それに新しい家と子供たちの戸籍も作ってくれて学校への編入もさせてもらえる。志平、お前にも専属の家庭教師と名の通った高等部への編入を……」

「ちょっと待てよ、止水！　何の話をしてんだよ！　それに依頼ってなんだよ！　おかしいだろう、一から説明しろよ！」

そんなことではないのだ。志平はこんなことではなく、話したいことがいっぱいあるのだ。

「止水！」

「依頼主は言えない。依頼内容も。志平、ただ言えるのはこれが終わればお前も子供たちも……」

「そんなことを聞いているんじゃない！」

志平は百ドル札が詰まった封筒を床に叩きつけた。

「今後のことを聞いてるんじゃない！　この状況を説明して欲しいんだよ！　止水は一体、何を依頼されたんだよ！　あいつらが来てからの止水はおかしいよ。あんな奴らの言うことを素直に聞いてさ。止水だったらあんな奴らなんかすぐに……！」

「志平、俺はもう行かなくてはならない。お前はここにいろ。悪いようにはならない。それともう、お前は一人前の男だ。今後はお前が中心になって子供たちを守るのだな」

「そ、それはどういうこと⁉　止水は……」

「俺はこの仕事を終えて、ひと稼ぎしたら気ままな一人旅でもするつもりだ。お前たちや思思への謝礼としてはこれで十分だろう。俺は思思との約束は果たした、もうお前たちとは関係のない人間だ」

「そんな⁉　止水」

「もう会うこともないだろう。達者でな、志平」

止水は淡々と一方的にそう言うと言葉を失っている志平の横を無表情に通り過ぎ、玄関へ姿を消した。

突然の別れを言い渡され、部屋に取り残された志平はその場で立ち尽くしてしまう。

そして……志平は徐々に体を震わせ拳を作り、やり場のない怒りを壁に叩きつけた。

「なんなんだよ！　止水の大馬鹿野郎！」

雑居マンションの下に降りた止水は目の前に停めてある場違いの高級車に向かった。

「ここであの子たちとお別れですか？　死鳥」

高級車の横で待っていたスーツ姿の百眼は止水に車に乗るように促す。

止水は何も言葉を返さず、後部座席に乗り込んだ。

百眼は肩を竦めると止水の横に座り、運転手に出せと合図を送る。

「ずいぶんとお優しい配慮をなさいますね。かつて死鳥と呼ばれた暗殺者はもういないということですか」

腕を組んでいる止水は自分の前に棍を立てて目をつむり何も答えない。

百眼はフッと笑うと前を向いた。

「依頼の最中であるにもかかわらず、あなたのわがままで上海まで戻ってきたんです。このまま日本に飛び、すぐに仕事をしてもらいますよ。今日の夜には日本にいる仲間とも合流できますから、作戦はその時に……」

「明後日の朝に仕掛ける」

「は？」

「明後日の朝、標的が登校する際に仕掛ける」

「……分かりました。では、襲撃地点と段取りはこちらで検討します。それで聞かせてもらえませんかね、仕掛けるタイミングを明日ではなく明後日にした理由を」

「こいつの準備に一日必要だ」

百眼は止水の膝の前に立てかけられている黒塗りの棍を見つめる。

（それが……死鳥を死鳥たらしめた宝貝、自在棍ですか）

「フフフ、そういうことでしたか。しかし、そこまで真剣にやってくださるとは有り難いですね。たしかに手ごわい娘たちでしたが、そこまでの相手ということでしょうか。いや、死鳥の本気……楽しみにしていますよ」

（ククク……毒腕の認識票に仕掛けた仙氣について、今は不問にしておきますか。我々への嫌がらせのつもりだったのでしょうが、所詮、機関など闇夜之豹の前ではなにもできません。それよりもです）

百眼は足を組み直し、メガネの位置を修正すると片側の口角を上げた。

（かつて、黄家の当主に土をつけ、若き日の【天衣無縫】王俊豪に手傷を負わせたという、あなたの死鳥の実力を見せてもらいましょうか。邪仙、崑羊から学んだとされる仙道の力を）

この時、百眼は標的であるマリオン・ミア・シュリアンを捕らえた先のことを考え始めていた。

◆

「堂杜君、本当にここでいいんですか？　ここまで来ているのですから玄関の前まで……」

「はい！　ここでいい！　ここがいいです！　神前さん」

今、祐人がいるのは四天寺家の広大な敷地を囲う高い壁の間に作られた大きく立派な門の前である。

瑞穂とマリオンの護衛のため、昨日から四天寺家まで送り迎えを始めた祐人はそわそわしながら明良の運転する車の横で立っていた。

一昨日の夜に瑞穂から機関とのやりとりを聞き、闇夜之豹の再襲撃警戒のために祐人が瑞穂とマリオンの登下校の送り迎えを買って出たのだ。

そして、今日がその二日目の朝である。

「ですが、朱音様は堂杜君のお顔を見たいと考えていると思いますよ。昨日の夜に十分なおもてなしができなかったと残念がられていましたから」

「いー！　あ、いえ、もう十分におもてなししてもらいましたから！　これ以上は僕の体が……いや、お気を遣わせてしまうのは申し訳ありませんから！」

「そうですか、朱音様はとても楽しんでいるように見受けられましたけど」

昨日、祐人は下校時に瑞穂とマリオンを送っていった際、瑞穂の母親である朱音から呼び止められたのだ。そして夕食をごちそうになり、それはそれは大層な歓待を受けた。

（朱音さんにどんな顔で会えばいいか分からないよ。それにまた会って強引に夕食とかに誘われると断りづらいし……）

昨日も祐人は申し訳ないと夕食の誘いも断ったのだが朱音と話していると何故か主導権を完全に握られて、いつの間にか屋敷の中に連れ込まれてしまった。

祐人は昨日の朱音のおもてなしを思い出すと思わず顔が上気してしまう。

その様子を明良はニヤニヤとそれは楽しそうに見つめていた。

「祐人！　行くわよ、早く車に乗りなさい！」

そこに瑞穂とマリオンが屋敷の敷地内を走り抜けてやって来た。

「祐人さん、早く！」

「え⁉」

二人に大きな声で促され、祐人は驚きつつもすぐに明良の車の助手席に乗り込んだ。

「明良、早く出して！」

「はい、分かりました、瑞穂様」

急ぐ瑞穂に対し、落ち着いた口調で応答する明良はいつも通りに運転席に乗り込み車を出した。瑞穂とマリオンは屋敷の玄関から門までの結構な距離を走ってきたようで祐人の後ろで息を切らしている。

瑞穂は振り返るとすでに門のところでにこやかな母親が立っているのが見えて、何とも言えない引き攣らせた顔をした。

そして、ふぅー、と息を整えて前を向いてマリオンと目を合わせる。

「危なかったわ」

「はい……朱音さんは祐人さんを気に入りすぎです」

二人の会話を前で聞いている祐人は、どうやら二人が朱音をまいてきたことが分かり、さすがにそれは可哀そうではないかと思ってしまう。

「二人とも普通に来ればよかったのに。さすがに朱音さんが可哀そうじゃないかな。僕が屋敷の中まで失礼しなければいい話だと思うし」

この祐人の発言に瑞穂とマリオンは半目になり、額の血管を浮き上がらせた。

「昨日の件があって、あなたがそれを言う？　これだから男は……」

「祐人さんのその無防備さは危険です。監視が必要なのがよく分かりました」

「え……？」

瑞穂とマリオンから静かなる暗黒の闘気を感じ、これ以上二人に触れないように祐人はサッと前を向いた。

運転席の明良は笑いを堪えて体が震えている。

瑞穂たちを乗せた車を門の前で見送る朱音は微笑する。

「あらあら……祐人君に朝の挨拶をしたかったのに。まあ、これからいくらでもチャンスがありますし、良しとしましょうか」

朱音がそう言うと一緒に出てきた和装の使用人たちが頭を下げて中に戻り始める。朱音も戻ろうとすると柔和な表情を変えずに車が消えていった方向に振り返った。

「ふむ……あまり良いものが待ち受けてないわね。これは……マリオンさんかしら？」

朱音は前を向くと唯一、洋装をしている初老の家令に視線を移す。

「大峰と神前の者たちを呼びなさい」

「承知いたしました。直ちにお声をかけてまいります。それでどちらの方に？」

大峰家と神前家は四天寺家の分家であるが、この三家をまとめて四天寺家と呼ぶことがある。それは四天寺家では、常にこの三家の中から最も優秀な者を四天寺家に招き当主として就任させるのが慣例であるためだ。

その意味では大峰家、神前家は分家と言いながらそれほど格の低い扱いは受けず、むしろ同格ともいえ、この三家の結束の固さが四天寺家の大きな力になっているといえた。

そして、恐ろしいのはこの三家はそれぞれで考えても、有数な能力者の家系でトップクラスの戦力を持っていることだ。また、この三家の結束の固さは、大峰家、神前家の屋敷がこの広大な四天寺家の敷地内にあることからも窺える。

「広間の方へ、お呼びなさい。どちらの者が来るのかは分かりませんが、四天寺の客人に手を出すということがどういうことか教えて差し上げないと。あと、うちの将来の大事なお婿さんに傷をつけることがあれば……」

朱音が言葉を切ると初老の家令は額の冷や汗を白のハンカチで拭き、すぐに各分家へ連絡を入れるべく深々と頭を下げた。

祐人は車内の空気の重さに顔を硬直させていた。

原因は瑞穂とマリオンである。

先ほどから二人とも不機嫌さを隠さない、というより隠しきれずに漏れ出ているのだ。

……黒いオーラが。

ちなみに運転手の明良は笑顔。

祐人は決して振り返らず、とにかく早く学院に着くことを念じながら前を向いていた。

何事もなく学院に着くように、と。

だが、この願いは瑞穂によって無残にもごみ箱に丸められて捨てられる。

「祐人」

「はい！　何かな？」

「まさかとは思うけど……あなた、人の母親に邪な感情を抱いていないわよね」

壮大にこける祐人。

笑いをこらえる明良。

「ななな、何を言ってるの！　あるわけないでしょう！」

「本当ですか？　祐人さん。実は年上が好きなんじゃないんですか？　でも、いくらなんでも人妻はだめです、犯罪です」

「だから何を言ってるの、マリオンさん⁉　あるわけないって！」

後部座席からの尋問のような質問に祐人は必死に答える。

「年上の女性とか、そんな拘りを僕は持ってないから！　というより、それ以前の問題だよ！　二人ともどうかしてるって」

瑞穂とマリオンはまだ半目だ。

昨日の四天寺家での歓待がこの誤解を招いている原因であり祐人も焦る。

それはすべて朱音が取り仕切っていた。

（た、たしかに昨日の朱音さんのは過剰なもてなしだったから……。でも、どう見ても朱音さんが僕をからかっていたというしか……）

「じゃあ、聞くけど何歳くらいがいいのよ、祐人」

「え⁉　何を言って……ううう、そんなこと考えたことないけど」

なんでこんな質問を受けるのか？　と、祐人は思うが後部座席からの不可思議な圧力に、これに答えなければならないと感じとる。

「ううう、やっぱり……同い年くらい？」

「「え」」

瑞穂とマリオンは頭の上にピコーン！　とエクスクラメーションマークが出たように背筋を伸ばした。

「そう……そうよね！　安心したわ、祐人。あなたがお母さんにデレデレしているから心配したわ」

「はい！　祐人さんがそんな偏った趣味の持ち主でなくて良かったです！」

「そ、そうだよ！　ましてや、友達のお母さんなんて、あるわけが……」

誤解が解けそうになり、ホッとする祐人。

ところが、ようやく車内の空気も和やかになろうかというときに瑞穂の目のあたりを影が覆う。

「じゃあ……胸は？」

「は？」

「あなた昨日、お母さんの胸ばかり見てなかった？」

「え!? 見てないよ！」

と、言いつつ、祐人は朱音のふくよかな胸を思わず思い出し顔を赤くした。

「あ、あなた……」

祐人の反応の機微を見逃さない瑞穂はワナワナと顔を引き攣らせる。

逆にその横に座るマリオンは顔を赤くしてどこか嬉しそうにした。

「あ、祐人さんは大きいほうが好きなんですね。それは男性なら仕方がないことかも……」

瑞穂はマリオンをキッと睨む。

昨日、発覚したマリオンの胸のサイズ。

女子高にいて他人の胸など個性としか思っていなかった瑞穂はマリオンの胸の大きさなど気にしたことはなかった。しかも恥ずかしがり屋のマリオンは着替える時も一人でそそくさとあっという間に終えるのでマリオンの胸をしっかり見ていなかった。

同じ家に住んでいるとはいえ、部屋は別々でお風呂だって当然、一緒に入ることはない。

さらにマリオンは自分の胸が恥ずかしいのか、または動きづらいと考えていたのか、きつめの下着でがっちりと押さえることを好んでいたため、小さいとは思ったことはなかったが、あれほどとは瑞穂は思っていなかった。

いや、というより気にもとめていなかったというのが正しい。

昨日までは。

「どうなの、祐人！　大きいのにこだわりがあるの？　お母さんのような！」

何故か涙目の瑞穂。

「……」

祐人、無言。

「……っ！」

青ざめる瑞穂。

「……ふふ」

はにかむマリオン。

「……（フルフル）」

笑いを堪えすぎて運転がままならなくなってきた明良。

車の中で四人の視線が散らばる。

「ま、まあ……ククク！　だ、大丈夫ですよ、瑞穂様。クク！　瑞穂様は朱音様の血を引いていらっしゃるのだから。お顔も朱音様に似ていらっしゃいますし……プッ！」

「なな、何を！　そんなこと気にしているわけじゃないわ。私は祐人が人の母親を邪な目で見ていないかを気にしただけよ。ちょっと、なに笑っているのよ、明良！」

四人を乗せた車は高速道路のインターチェンジに入りＥＴＣの車線に入った。

祐人は決してこの会話に参加しないようにしている。

マリオンが上機嫌な様子で瑞穂を宥めると瑞穂は余計に機嫌を悪くする。

——その時である。

祐人の表情が固まる。

祐人は勢いよく振り返り、後ろのセダン車二台を睨んだ。

いきなり真剣な顔で振り返ってきた祐人に何故か胸を隠す仕草をする瑞穂。

「な、何よ、祐人」

この時になって明良は不審な連中が自分の探査風に触れたことに顔を強張らせた。

「こいつら……いつの間に⁉」

「みんな気をつけて！　先日の奴らの仲間かもしれない！」

祐人が警告すると明良も含め全員が車の窓の外を睨む。

（この感じは……学院で襲われた直前に感じたものだ）

祐人たちの車は高速道路本線に合流してスピードを上げた。

すると……祐人は前方から凄まじいプレッシャーを感じ眉間に力が入る。

前方のなだらかなカーブ上で一人立っている男が祐人の視界に入った。

(あれは……)

祐人はピリピリと伝わってくるその男の闘気に全身に鳥肌がたった。

(これは仙氣！　あいつは仙道使いか！　しかもこの充実した仙氣は⁉)

「明良さん、瑞穂さんたちは後ろの連中に気をつけて！　僕は前方の奴をやる。気を抜かないで！　多分、僕は瑞穂さんたちのフォローはできない！」

「え⁉　祐人！」

「それは！」

瑞穂とマリオンは祐人の実力を知っている。

その祐人が戦う前から余裕がない、と言い放ったことに二人は驚いた。

「最初から全力でいって！　とりあえずマリオンさんは後方から援護！　瑞穂さんは……」

「分かってるわ！」

瑞穂は祐人の言うことを正確に理解している。

敵の狙いがマリオンである可能性が高いと祐人は言っているのだ。

「いくよ！　僕も全力でいく！」

そう言うや祐人は時速百キロ近いスピードで走る車の窓から飛び出し、車上にポジションをとった。

「来たか……。やはり、あいつが妨げになるな」

前方から猛スピードで近づいてくる標的の車を止水は澄ました表情で見つめた。

止水は二車線の高速道路中央で棍を立て、標的の車の上に陣取っている少年の気迫を肌で感じている。

まだ距離があるにもかかわらず祐人と止水の視線が重なった。

互いの皮膚がビリビリと粟立つ。

「堂杜君、このままあいつに車で突っ込む！　瑞穂様とマリオンさんは脱出の準備を！」

明良がそう叫ぶと後部座席の両側の扉が同時に開き、猛スピードで突進中の車から瑞穂とマリオンが空中に飛び出した。

その間に明良は自身のシートベルトを外し、横のドアのロックを外す。

祐人は車の上で明良と共に止水に迫る。そして止水と車が衝突する刹那、跳躍し上方から止水に攻撃を仕掛けた。

「来い！　陰陽の刃、倚白！」

祐人は白銀の鍔刀を出現させ、その柄を力強く掴む。

一方の止水は上空から祐人、前方から明良の運転する車が突っ込むという状況になって初めて動いた。

止水は立っている状態からゆったりとした動きでそのまま右足を前に大きく踏み込む。

そしてそれと同時にまるで川が流れるように、まるでそれが自然であるかのように棍を握る右腕を突き出した。

この状況下での止水の思わぬ反撃に明良がハッと目を大きくした。

能力者としての危機察知能力が自分自身の命が危ないことを伝えてくる。

「……っ！」

明良のその予感は不幸にも当たってしまう。

なんと止水の棍はいとも簡単に頑強な車のバンパーを巻き込みながら深くめり込み、その先端が明良の眼前に迫ってくる。

明良は咄嗟に風の障壁を展開し上体を横にずらす。

だが棍は障壁をも貫き、眼前に迫ってくるのが見えた。

万事休す。明良は自分の死を意識させられた。

だが……その必殺の棍は明良の頭蓋を貫く直前に方向を変え、明良の左耳を切り裂き運転シートの枕を貫いた。

「グ！」

死の淵を垣間見た明良は左耳の鋭い痛みで我に返るとすぐさま車から脱出し、アスファルトの上を転がりながら受け身をとると何が起きたのかと止水の方へ視線を向ける。

「ハッ、堂杜君！」

見れば祐人が止水の突き出した棍の上に着地し、いつの間にか手にしている刀で止水の横面を薙ごうとしていた。

明良はこの少年に命を救われたのを悟るのと同時に、あの状況下での少年の身のこなし、判断力、そして……それを可能にしている恐るべき身体能力に驚愕してしまう。

しかし、本当に驚くのはここからだった。

なんと止水は祐人が乗り、車に突き刺さった棍をまるで重量を感じさせない動きで片手のまま上方に移したのだ。

足場の棍が動いたことで祐人の倚白の刃は空を切り、串刺しの四天寺家の高級車はそのまま上空へ放り投げられる。

すぐさま祐人は棍を蹴り離脱すると止水の間合いの外に着地した。

祐人は止水を側面から睨み、止水は天を指す黒塗りの棍をゆっくりと祐人に向かって下ろし牽制する。

「な、なんて奴だ！　そして、堂杜君も！」

明良の冷たい汗が額から左頬を伝わった。

明良も能力者の端くれだ。この攻防のレベルがどの程度のものかは分かる。

祐人がいなければ今、自分はここで息をしていなかったことも。

明良は祐人のランクを考え、今、目の前で起きていることが信じられない。

「明良、大丈夫⁉」

瑞穂とマリオンが明良のところに駆け寄ってきた。

「瑞穂様！　あいつは危険です、このままじゃあ、堂杜君が……」

その明良の言葉と同時に先ほど上空に放り投げられた四天寺家所有の高級車が祐人と止水の間に落ちた。落下速度と車の重量で凄まじい衝撃音と破片が周囲にふり撒かれ、咄嗟に明良たちは顔を腕で庇う。

この直後だった。

視界から止水の姿を奪った車の腹を黒塗りの棍が貫き、まっすぐ祐人に伸びてきた。

明良は「危ない！」という言葉も追いつかず顔が固まる。

だが祐人はそれを分かっていたかのように倚白で棍の重撃をそらす。そして流れるような動きで車のことなど構わず前に踏み込むと上段から気合の声と共に刀を振り下ろした。

すると車は縦に真っ二つに割れ、その切断面はまるで最初からそうであったかのように綺麗な光沢を見せる。

視界が開けると止水が後方に飛びのいて倚白を躱しているのが明良にも分かった。

「なんとっ！　堂杜君、君は一体！」

「明良！　ここは祐人に任せてあちらの連中を相手するわよ！」

瑞穂は驚愕と動揺を隠せない明良の表情を見て叱咤する。今、気を付けなくてはならないのは止水だけではないのだ。それを瑞穂によって明良も理解する。

瑞穂の視線の先には背後のセダン車から降りてくる六人の男たちだ。

それぞれに異様な雰囲気を放ち、ニヤついたTシャツの男やガムを噛むサングラスの男、小太りの金髪男等々がおり、そしてその最後尾に眼鏡をかけたスーツ姿の男がいた。

「明良、行くわよ！　マリオン、あなたは後方から援護」

マリオンはこの時、今までにない緊迫した空気を醸し出している祐人へ視線を移した。

「いえ、私も前に出ます！」

「駄目よ、言うことを聞きなさい！　あいつらの目的が完全に分からない今は手堅くいくわ。こんな騒ぎを起こしたのよ、すぐに警察も機関も動くわ。こいつらもさすがにそう何度も派手には動けない。ここで決めに来てると思うわ。だから手堅くいって焦りを誘うの！」

瑞穂の判断、指示を聞いて明良は驚きと頼もしさ、そして喜びが湧いてくる。

（冷静で的確な判断だ。瑞穂様はこんなにも成長している）

マリオンも瑞穂の判断の正しさは理解できるのだろう。

一瞬、唇を噛むような仕草を見せるが瑞穂の指示を受け入れた。

「……分かりました」

だが、今、マリオンの意識は祐人へ向かっている。

マリオンは心配なのだ。

この襲撃に際して何の躊躇もなくすぐさま最も危険と思われる男を担当した祐人が。

だから出来れば時間稼ぎではなく襲撃者をすぐに倒して祐人の援護に向かいたいと思ったのだ。

（いつも祐人さんは最も危険なところに身を置こうとする。それは、いつも周りの人のため。でもそれじゃ、いつか祐人さんが……）

マリオンは明良と瑞穂の後方にポジションを取りながら構える。

（祐人さんが、いなくなっちゃうかもしれない！）

マリオンは己の内にある清浄な霊力を集約し、体の中心から吹き上げる。

マリオンの前面にいる明良や瑞穂はそのマリオンの本気の霊力コントロールに驚いた。

対して襲撃者六人は後方に百眼が陣取り、前衛の闇夜之豹三人に指示を飛ばす。

「お前らは前面の精霊使いたちを引き離せ！　連携をとらせるな。高ランクとはいえ精霊使いだ、懐に入り込み近接戦に持ち込め！　数はこちらが上だ、うまく散らすぞ」

精霊使いの得意レンジは中距離から長距離がセオリーだ。百眼の指示は当然のものと言えた。百眼の指示を受けると前衛の三人は互いの距離をとり、半包囲するように三方向から瑞穂たちに襲い掛かる。

「明良！」

「合わせます！　好きにやってください、瑞穂様！」

中央の小太りの男が跳躍すると大きく息を吸い、その胸を大きく膨らませる。

何か仕掛けてくると考え、瑞穂は右手に火精霊を掌握し、その手を下から上に振り上げた。

「ハッ！　炎鎌！」

弧を描く瑞穂の右手の先端から高密度の炎が上下広範囲に出現、拡散する。

小太りの男は迫りくる炎の鎌を見て、大きく吸った息を前方に吹き出す。大量の息を推進力に変え、空中にもかかわらず後方に方向転換しこれを回避。結果、百眼の近くに着地した。

同時に左右からサングラスの男とTシャツの男が迫る。

すかさず瑞穂は左右に右手を薙ぎ払い、今度は炎鎌を水平に放った。

サングラスの男とTシャツの男に炎が迫るが二人の男は回避をしない。そのまま突っ込んでくる。瑞穂はその行動に目を細め集中するとヒットするはずの炎の鎌が男たちの体を通り抜けた。

「チッ！」

と瑞穂が舌打ちする。

（テレポーターか！）

テレポーターは己自身の場所と自分が狙った空間を入れ替える能力を持つ者たちである。

瑞穂が脳内で対処を考えると同時に横から明良の風精霊術が広範囲に開放され、瑞穂たちの周囲に超高密度の大気の塊を生成した。

明良の得意とする風精霊術の必殺の技である。

テレポーターのテレポート能力範囲は一般的に自分から数メートルと言われている。また、自身が視認することができる空間に限定されるのだ。

つまり、目の及ばないところや長距離をテレポートすることはできない。

そして、自分の触る物においても同じ制限で同じ能力を行使できる。

明良の放った大気の壁はそのテレポーターに対応したものだ。

大気の壁は透明で僅かに光の屈折が違うだけで見た目では分かりづらい。しかも、いくらテレポーターといえど広範囲に術を展開されると回避は難しいからだ。

テレポーターの男たちは大気の壁に突入してしまうとすぐに周囲の異変に気付いた。

空気の抵抗が凄まじく前に進みづらい。同時に体全体を覆う超重気圧で筋肉が悲鳴を上げる。それに加えて息を一度しただけで肺が大気圧で破壊されそうになった。

「……ぐぅ！」

瞬時にテレポーターたちはこの大気の外へテレポートで脱出をする。後退を余儀なくされた男たちは瑞穂たちの方を睨むと顔を青ざめさせた。

それは右手の人差し指の上に小さな炎をともしている瑞穂がいたからだ。

瑞穂はニィと笑うとその炎を大気の壁にそっと放り投げる。

これだけの超高密度の大気の塊に着火されればどうなるか？

百眼が目と口を大きく広げて怒号を発した。

「な⁉　回避しろぉぉ‼」

この怒号と同時にマリオンは既に用意していた光の聖楯を瑞穂と明良の直前に展開すると遅れて百眼が魔力による障壁を全力で展開する。

直後——高速道路上で凄まじい爆風と爆音があたり一帯にまき散らされた。

瑞穂たちと百眼たちが戦いを始める前から二人の仙道使いは動けずにいた。

祐人は倚白を構え、止水をその目で捉えている。

（強敵だ。でも何故、仙道使いが闇夜之豹に……）

対して止水も表情には出さないが、祐人の動きを見て僅かに自分の心に残っていた慢心を完全に捨てた。

（この少年、随分と戦いなれている。しかも、道士としても侮れない実力を持っているな）

突然、無言で無表情だった止水が笑みを見せる。

祐人はその笑みの意味が分からずに眉を顰めた。

止水の笑みに意味はなかった。

ただ止水は純粋に喜んだのだ。

まだ、分からない。分からないが眼前にいる少年が自分の全力を受けられる好敵手となる可能性を秘めていることが嬉しかった。

この少年は己の中にある一番の望みを叶えてくれるかもしれないのだ。

「少年、名前を聞かせてもらおうか」

祐人は止水に問いかけられて一瞬、眉を動かした。

「……堂杜祐人」

「ふふふ、そうか……」

「あんたは名乗らないのかい？」

「名乗るかどうかは、この後のお前次第だ」

「目的は何だ。あんたは仙道使いだろう。こんな国同士のいさかいに興味などないはずだ」

「まあ、ないな」

止水は祐人に向けている黒塗りの棍を握りしめる。

「俺は好きなことを好きなようにしているだけだ」

「じゃあ何故、先日襲撃してきた奴らの認識票がバレるようにした。あれはあんたがやったんだろう」

これは実は予想に過ぎない。祐人がかまをかけたのだ。

止水はそれに答えなかったが、祐人はそれを肯定と受け取る。

「あんたは機関と闇夜之豹……中国との火種を作るつもりだったのか？　だったら何故、

闇夜之豹に従っている。あんたの目的はなんなんだ！　ただの混乱か！」

「おれは好きなようにしていると先ほども言ったはずだ！」

言うや止水が動いた。

凄まじい突進力。映像のコマで言えば間の数百コマを飛ばしたのではないかと思うほど、視界の中で止水の体が突然大きく変わる。

「むうっ！」

祐人は止水の一挙手一投足に気を配っていたのにもかかわらず、止水が一瞬にして自分の懐に入りこんだことに目を見開いた。

止水が上体を前かがみにして下方から棍を振り上げる。それに対し祐人は倚白を下段斜めに構えると退避するのではなく前に出て棍を倚白でいなした。

倚白によっていなされた棍は祐人の顔の至近を通り過ぎ、祐人の髪の毛を数本散らす。

止水はそれでも止まらずに棍の中央に手を寄せて棍をバトンのように回転させ、さらにもう一度下方から祐人の胸にめがけて棍の先端を突き出した。

祐人はその棍の軌道を正確にとらえると倚白を円の動きで中段から下段に振り下ろす。

棍と倚白がぶつかり合い、その時に生まれた衝撃波で二人の道士の傍らで真っ二つになって燃えている車の火を消した。

数十センチの距離に止水と祐人の顔が近づき、お互いの目を睨む。

この間コンマ一秒以下の攻防であり、超ハイレベルの攻防だ。

しかし、止水は物足りなさを感じていた。先ほどの車の運転をしていた明良を救うときの祐人の動きはこんなものではなかったからだ。

止水はこの少年の力を引き出したい衝動に駆られる。

いや、今の止水の目的は既に変わっているのだ。

今はこの少年の全力をとにかく出させるということに。

そして、期待をかけている。

この少年が自分の望みを叶えられる敵であることを。

だが、この少年は己の力を出すのにムラがあるように感じる。

それは止水だからこそ分かるハイレベルな戦闘での最後の最後に発揮される凄みが足らない。同程度の実力を持った者同士の戦いでは、それがあるとないとで勝敗が決するときがあるのだ。

止水はこの少年のスイッチを探す。

先ほどまでのこの少年の動きや表情の機微からそれを想定した。

「俺たちの目的を知りたいか」

「……!?」

突然の止水の言葉に祐人は反応する。

「俺への依頼の内容はあそこにいる金髪の娘を攫ってこい、というものだ」

「なん……だと？　やはりマリオンさんを」

祐人は目を見開くが、すぐに鋭いものに変わっていく。

その反応に止水は笑みを漏らした。

「何故、あの娘が欲しいのかは俺には分からんがな。まあ、俺にはどうでもいいことだ」

祐人の放つ氣質が変わっていくのを止水は見てとる。

「てめえ……あんたはその片棒を担いでいるというわけでいいんだな。この件から手を引く気もない、と」

「何を言っている。俺にとって契約は重い。俺はただ依頼を完遂するのみだ。あの金髪の娘が攫われた後のことなど知ったことではない。人質になろうが殺されようが、犯されようが……む！」

止水が言い終わらぬうちに祐人の仙氣が跳ね上がった。祐人は止水の棍とぶつかり合う倚白を軸に体を浮かせて神速の蹴りを止水の横面に叩きこむ。

今度は止水が目を見開いた。

止水は祐人と同じく倚白とぶつかり合う棍を中心点にその場で側転して躱す。

祐人の足先が止水の頬を掠め、出血する。

表情が消えた祐人は倚白で棍をかき混ぜるように弾くと、がら空きになった止水の懐に頭上から倚白を振り下した。

「はぁ！」

「むう！」

祐人から発せられる凄まじい殺気に呼応したように止水は黒塗りの棍に己の仙氣を注ぎ込む。すると棍は自らの意思で止水を守るように止水の手の中を移動し頭上に伸びて倚白の必殺の射線上に姿を現した。

――この倚白と棍が衝突する半瞬前。

瑞穂と明良の連携で放った高密度の大気への着火で起きた大爆発が重なる。

瑞穂たちが起こした超高温の爆風はマリオンの聖循の脇を抜け、祐人と止水にまで迫る。

ほぼ同時に祐人の殺気のこもった仙氣と止水の仙氣が倚白と自在棍を介してぶつかり合った。

その際に生じた衝撃波――二人の仙氣を吸った宝貝のぶつかり合いで生じた衝撃波はあまりに大きく、なんと近くまで押し寄せてきた大爆風をも押し返した。

瑞穂たちはマリオンが前面に光の聖循を展開し、自分たちが作り出した爆風から身を守っていた。だがこの時、背後から生じた二つの〝力〟のぶつかり合いを感じ取った。

「こ、これは何⁉　ハッ、祐人さん！」

マリオンは驚愕する。

振り返れば背後から爆風と衝撃波が迫っていたのだ。

しかし、マリオンは何とか冷静だった。これはマリオンが祐人の実力を知っていたことで祐人が戦った時に起き得る可能性を想定できたことが大きい。

マリオンは咄嗟に機転を利かせ、光の聖循の形をただの壁からより霊力を消費する全方位型のドームに変形させた。かつ、ドームの形状も低めに設定する。

これにより後ろからの衝撃波に不必要に抗わず前方に上手く受け流した。

衝撃波が高温の爆風を連れて瑞穂たちを通り過ぎていく際中、視界がすべてシャットダウンする。

不運にも……これをまともに喰らったのは百眼率いる闇夜之豹だった。

瑞穂たちの連携で起きた大爆発を何とか魔力障壁で耐え忍んでいたのにもかかわらず、祐人と止水の放った衝撃波に加え、こちらには来ないはずの爆風が乗り、数倍の圧力が百眼たちの障壁に伸し掛かった。

「な、なにが起こっている！　死鳥！　グアァ！」

百眼が耐え切れず後方に吹き飛び、他の闇夜之豹も爆風と衝撃波に飲み込まれた。

明良はこの信じられない事態に言葉を失っている。

明良はこのような状況を知っているのだ。

それは四天寺家の当主である毅成の従者であるときに叩きこまれたことである。

それはまず、毅成の放つ術に巻き込まれないようにし、毅成がそのことに気を遣わないで済むように位置取りをし、そのうえで援護することだ。

これが高ランクの能力者同士、または高ランクの能力者と高ランクの人外の戦闘に付き従うときに気を付けなければならないことなのだ。

視界が段々明らかになっていき、瑞穂たちは百眼たちよりも祐人たちの方を凝視する。

そこには言語を絶する力を放ちあった祐人と止水がぶつかり合い、互いに譲らずとしている姿が見えてきた。

「堂杜君、君は一体⁉　いや、あの敵もなんという……」

現状認識に手間取る明良を横目に瑞穂とマリオンは幾分かまだ冷静だ。

だが、瑞穂とマリオンも驚いていないわけではない。

今まで祐人の戦闘は見てきたといっても、多数の敵に対するものだけだった。

二人とも祐人が一対一で全力を出しているのを見るのは初めてなのだ。

「マリオン！」

「はい！」

「作戦変更よ。時間稼ぎは止めるわ。前方のあいつらを駆逐する！　その後に祐人をフォローするわ。明良！　祐人たちの戦闘に巻き込まれないように私たちに指示を頂戴！　日紗枝さんとお父さんの時の経験でいいから！」

「わ、分かりました！」

思わず返事をした明良であったが、その瑞穂の指示は祐人の戦闘力をランクS以上と断定しているようなものであったことを感じとっていた。

「な、なにが起こっている……死鳥」

思わぬ衝撃波と爆風で高速道路の側壁に吹き飛ばされ、手傷を負った百眼はその元凶ともいえる二人の仙道使いに目を向けて驚愕する。

そこには目にもとまらぬ動きでぶつかり合う死鳥と祐人がいた。

かたや少年が剣を振るえば旋風が巻き起こり、かたや死鳥が棍を振るえば激風がまき散らされる。

「な、なんなのだ！　こんなのは聞いてないぞ！　一体、何者と戦っているのだ、死鳥は！」

百眼は昨夜にした止水との掛け合いを思い出した。

「作戦は任せる。俺は一番強いやつを受け持つ」

止水は高層ホテルの一室で窓際に立ち、作戦を伝えに来た百眼に静かに返答する。

「フッ……一番強いと言っても、あなたなら雛鳥を相手するようなものでしょう。あなたが本気を出すというのなら私たちがすることはほとんどありません。金髪の小娘を一人、伯爵のところまで連れて行くだけの作業となります」

「だと良いがな」

「死鳥は随分と慎重ですね。まあ、舐めてかかるよりはいいですが。我々の方で調べましたが厄介なのはランクAの二人の少女、四天寺の娘とターゲットの娘本人です。ランクAは伊達ではないようですね」

百眼は眼鏡の位置を直してタブレットを操作する。

「前回の襲撃時にいた小僧はランクDとのことです。あの時は驚きましたが調べれば近接戦闘に偏った能力の持ち主だと分かりました。それさえ分かっていれば大した障害にもならないでしょう」

止水は依然として腕を組み、眼下の大都市東京を見つめている。

「ただ面倒（めんどう）なことといえば四天寺の娘が機関の日本支部にコンタクトを取ったことですね。それともう一つは四天寺家そのものです。この辺は機関が手を出してくる前、四天寺家を本気にさせる前にことを成せばいいでしょう。死鳥もやる気になってくださっている。まあ、問題ないでしょう」

「……ズレているな」

「は？」

「いや、何でもない。依頼は必ず遂行（すいこう）する。お前らがこちらの要望通りにしてくれれば俺は構わん」

「分かっています。あなたと同居していた子供たちの戸籍（こせき）の取得と移住でしたね、日本への。すでにその準備はしていますよ。大使館から遠くないところに物件を押さえているとのことです。それにしても……日本への移住とは」

「すぐに移住させろ。それと金もな」

「フフ、そんなに闇夜之豹が信用できませんか」

止水は無言で百眼を睨みつける。

百眼はその止水の鋭い視線を受けて、わざとらしくおどけてみせた。

「大丈夫です。あなたが我々の依頼に誠実である限り、その要望は叶いますよ。明日には日本に子供たちも来るでしょう。まだ達成していないこの依頼でここまで先払いをしている私たちをもう少し信じてもらいたいものですね、死鳥」

止水は百眼から視線を外し、再び窓から外の夜景を眺める。その、それ以上言葉を発しない止水に苦笑いをする。

（まあ、気持ちは分かりますがね。だが死鳥と呼ばれたこの男も随分と甘いな。日本にガキどもを移住させたところで所詮、我々の管理下に過ぎない。たとえうまく逃げたところでロレンツァ様の呪いからは逃れられん）

百眼はこちらに顔を向けてこない止水を見つめる。

（ククク……すでに弱みを見せたお前はもう終わりだ。お前はもう呪われたのだよ、燕止水。決して解けることのない呪いにな。これからも骨の髄まで働いてもらいましょう、伯爵の御ために）

今度は邪気のこもった笑みを隠さず、明朝の作戦の成功後に受けるだろう伯爵からの賞賛を想像し、百眼は身震いをするのだった。

吹き飛ばされた百眼は高速道路の側壁に手をかけながら立ちあがった。

百眼は今、死鳥とまで呼ばれた燕止水がたった一人の小僧に掛かり切りになっている姿を呆然と見つめてしまう。

止水がこの作戦の直前にランクDの、闇夜之豹にしてみれば劣等ともいうべき能力者の小僧を相手にする、と言ったときは手を抜く気か？　とまで百眼は考えた。

だが、結果的には同じ事だろうと考え、それを了承した経緯がある。

というのも元々、近接戦が得意と調べがついていたこの小僧がまず仕掛けてくる、と百眼は想定していた。それが分かりやすい相手のフォーメーションだったからだ。

目標の人員は中距離から遠距離に位置取りしたい精霊使いと魔の者を相手にする以外には守勢に力を発揮するエクソシスト。

普通に考えて最初に接触するのは近接でしか使えそうにないランクDの小僧だった。

百眼たちも死鳥を前面に押し立て一気に敵を粉砕してターゲットを捕捉するつもりでいたことから、どちらにせよ作戦に大きな変更はないという目算である。

作戦の骨子は達人の死鳥がいることで、ターゲットをどう捕獲するかよりも、ターゲットを捕獲してからの方が緻密に計算されていた。

百眼はここに参加していない闇夜之豹二名と中国の工作員を多数控えさせており、捕獲後そのまま極秘チャーター機で北京に飛ぶ手はずだったのだ。

それが今、それどころではない。

頼りの死鳥が敵のランクDの小僧と死闘を繰り広げている。

本来、あのような小僧は瞬殺され、後方から本命の瑞穂やマリオンたちに死鳥が襲い掛かっていなければおかしいのだ。

そこに祐人と止水がぶつかり合い、二度目の凄まじい衝撃波が百眼たちに襲い掛かる。

「ハッ！　伏せろぉぉ！」

咄嗟に百眼は仲間に向かい叫んだ。

先ほどの爆風と衝撃波で百眼よりも深手を負っている闇夜之豹選抜組は百眼の指示通りにその場に伏せる。百眼もその場で身体を投げ出し、身を守ると突風と空気の振動で体が道路に押さえつけられるようになり、顔を上げることもままならない。

（し、死鳥……そいつは！　その小僧は何なのだ⁉）

今になって止水が一番強いやつを受け持つ、と言ったことが脳裏に浮かぶ。

だが止水の発言の意図を考える暇はない。この作戦の立案者でもあり指揮官の百眼は状況の把握が難しく、正常な指揮ができない状況に陥った。

そこに百眼たちの上から少女の声が聞こえてくる。

「まったく何よ、あんたたちはそんなところで這いつくばって。戦う前から戦意喪失かしら？」

「ぬっ！」

なんとか視線を上に向けると、そこには不敵な笑みを浮かべている瑞穂がいた。

瑞穂たちは明良の指示でマリオンの後方を囲うように作られた光の聖循で衝撃波から身を守り、明良の風精霊術で前方からも襲ってくる空気の振動をエアスクリーンによって防いでいた。

見下ろしてくる瑞穂の視線に背筋を凍らす百眼だが為す術がない。

瑞穂は両手に精霊を掌握し、すでに術を発動させていた。

瑞穂が両手を下方に羽ばたくように降ろすと百眼たちに凄まじい重力がかかる。

すでに伏せていた体がより重くなり、立ち上がるどころか寝返ることもできない。

どうやら自分たちが止水たちからの衝撃波から身を守るところを狙い、土精霊術で重力を数倍にしてきたことを百眼は悟った。

「くあぁあ！　おのれぇぇ！」

アスファルト上で巨人から踏みつぶされるような重みに百眼が苦悶の表情を見せる。

このままでは全員、捕らえられるという最悪な状況が百眼の頭を過った。

即座に百眼は控えていた闇夜之豹二人に撤退の指示を出す。

【百眼】の能力はその名の通り、一つの状況を全方位から見ることができる。百眼の頭の中にはいくつもの画面があり同時進行でそれを把握することができるのだ。

距離が遠くなれば遠くなるほどこの能力は弱くなるが敵地の状況や内情を何のリスクもなく把握できるという、敵となった組織にしてみればそれは恐ろしい能力だった。

そして特筆すべきは画面から見える者の行動や心をある程度、操ることができることだ。この操作術は特に意志薄弱の人間やメンタリティーが弱っている状態の人間に効果が大きい。

百眼はすぐ横で意識が飛びそうになっている二人のテレポーターにその能力を使い、強制的にそのテレポーターの手を自分に手繰り寄せる。

「む！　瑞穂様、こいつ！」

明良がそう言うと同時に百眼の姿が消える。

すると高速道路外側の空間に百眼は姿を現し、そのまま高速道路の高架下に落ちていった。

「何て無茶を！　テレポーターの能力を超えた距離に移動しようとすれば、テレポートの失敗率が跳ね上がるというのに！」

瑞穂は百眼の高リスクの行動に目を剥いて驚く。

テレポーターの能力はそれ自体、強力な能力として知られている。テレポートは目に見える範囲で、しかも数メートル以内に物を瞬間移動させる能力だ。

だが無理をしてその能力を超えた距離に移動しようとすると数十%の確率で、姿は消えるがどこにも姿を現さないことがあるのだ。そして、どこに消えたのかは誰も知ることはできない。何故なら、誰もそうなった者や物を見つけたことがないからだ。

また、そういったテレポートが失敗する時は、ほぼ必ずテレポーター自身も消えてしまう。何故そのようになるかは判明していない。とはいえ分かっていることは非常に危険な行動であるということだけだ。

「瑞穂さん、祐人さんが！　早くフォローを！」

突然、聖循の術を発動しながらマリオンが叫ぶ。マリオンは祐人と止水の闘いを見つめながら不安と心配で目が潤んでいる。

今、祐人と止水はほぼ互角で渡り合っているが無傷ではないのだ。

互いに何度も必殺の間合いに入っては攻撃と迎撃を繰り返しており、その度に急所だけは躱しつつも体全体に傷を刻んでいく。

祐人は口から血液混じりの唾を吐き捨てるが動きは止まらない。

制服は既に各所が切り裂かれ血で滲んでおり、それは止水としても同様であり、壮絶な打ち合いが両者の間で今現在も行われている。

瑞穂と明良がマリオンの叫び声で振り返った時、祐人は止水の黒塗りの棍の突きを左肩に受け、僅かに苦悶の表情を見せた。

が、すぐに表情を消し、棍で受けた左肩の打撃を利用し推進力に変え、体を左回転しながら倚白を右手で突き出した。

その倚白が止水の左肩を貫く。

「祐人ぉぉ！」

凄惨な技の繰り出し合いを目の当たりにして瑞穂は顔を青ざめさせて絶叫する。

マリオンも目を見広げて言葉を失った。

「瑞穂様！　堂杜君の援護を！　この距離なら私たちの得意レンジです！」

「分かったわ！」

明良に言われ瑞穂は瞬時にかまいたちを生成し、二人が一瞬動きを止めた隙を狙い止水に向かって放つ。数ある精霊術の中で風精霊術の特徴はそのスピードが最も速いことだ。

瑞穂の放つ真空の刃は音速で止水に迫る。

だが……、

「手を出すなぁぁー!!」

援護されたはずの祐人が怒鳴った。

止水は祐人から飛び退くと迫るかまいたちに対し、動かぬ左手を垂らしながら棍を右手のみでバトンのように扱い、真空の刃を誘うように操って瑞穂たちに送り返す。

祐人はこの間隙に止水と同様に動かない左手を垂らしながら止水に倚白を叩きつけた。

「ふん！」

止水はそれを右手で握りしめた棍で受ける。

二人の右腕の傷から穴の開いた水風船から水が漏れ出るように血が噴き出した。

かまいたちを送り返された瑞穂たちは迎撃が間に合わず横に飛び、自らの体をアスファルトに打ち付けた。

明良は回転して態勢を立て直すと信じられないものを見たように祐人と止水に目を向ける。

「付け入る隙がない！　私たち程度では援護すらもできないのか！」

祐人と止水は一旦、離れると互いに右手だけで得物を握りにらみ合う。

「フッ、どうやら作戦は失敗か。存外、闇夜之豹もだらしない」

祐人は倚白を右半身で構えて止水に言い放つ。

「お前も、もう諦めろ！　これ以上、来るなら……」

「来るなら何だ？」

止水はその祐人の気迫のこもったセリフに笑みをこぼした。

「名前を言ってなかったな。俺の名前は燕止水だ、堂杜祐人」

「お前を殺す！」

「……燕」

「だが、ここでお前を殺しても運び屋がいないのではな。一旦、引かせてもらおうか！」

その言葉と同時に止水は棍を瑞穂たちに投げつけた。

「なっ！」

止水の仙氣がこもった棍は高回転しながら瑞穂たちに向かい襲い掛かる。

咄嗟に瑞穂は土精霊術の岩壁とマリオンは聖循を展開するがすぐに己の判断ミスを悟った。その棍の放つ力の断片から、ただ投げつけられたものではないと分かり顔を強張らせる。

自分たちに迫ってくる棍は生と死を別つ、この世の狭間を垣間見せるような存在感を放っている。瑞穂とマリオンもいくつかの死闘を経験することでそれがどれだけのものか分かったのだ。

黒塗りの棍が眼前に迫り、瑞穂とマリオンは無傷であることは諦めたが生きることは諦めない。霊力を全開放し、この一回の防御にすべてを尽くす。

明良が体を投げ出し瑞穂たちの前に飛び込んできた。

そして、棍が瑞穂たちに届くその瞬間……、
止水の投げた棍が空中で左方向にはじけ飛んだ。

同時に倚白が右方向にはじけ飛ぶ。

瑞穂とマリオン、そして、言葉を失い瑞穂たちの前で両手を広げる明良は前方に倚白をこちらに投げ飛ばしてきた祐人の姿を確認した。

「祐人！」

「祐人さん！」

この時、そこにいるはずだった止水の姿はない。

明良は心の底から安堵の息をもらすがすぐに祐人の方へ駆け寄る。

「堂杜君！　君は……な!?　早く傷の手当てを！」

それに僅かに遅れて瑞穂とマリオンも従った。

マリオンの目と頬はすでに涙で濡れている。

破壊された高速道路上の祐人は体中の傷を気にもとめず、止水がいたはずの場所を見つめている。

「燕止水……」

それだけ呟くと目は止水が消えたと思われる方向を鋭く睨んだ。

◆

「一体、何だ、何なのだ！　あの小僧は何なのだ⁉　こんなはずでは……こんなはずではないのだ！」

街の中を疾走する車の後部座席に百眼はいた。

終始冷静な表情を崩さなかった百眼が今、状況が掴めず怒りと焦りで己の膝を叩く。

作戦が全く機能せず百眼は事実上、仲間を置いて逃げてきたのだ。今の百眼はただの敗者であり逃亡者である。傷だらけの今の姿もそれと呼ばれるにふさわしい。

こんなことになるとは作戦実行前に想像もしていなかった事態だった。

(死鳥が手を抜いたとでも？　いや、私の見る限りそのようには見えなかった)

百眼は死鳥、燕止水の戦闘をその目で見るのは初めてだった。そのため、死鳥が手を抜いているかは厳密には分からない。

(あのような高レベルの攻防など知らん！　それに手を抜いて死鳥に益するところはない。ガキどもがこちらの手にいるんだからな。だとすれば相手はたかがランクDの小僧だぞ！

死鳥と互角などありえん！　となるとまさか……機関の差し金か⁉）

百眼を乗せた車は派遣された闇夜之豹たちが仮の宿として使っているホテルへ向かう。

（機関が高ランクの能力者をわざとランクDに認定し……いや、しかし我々の行動が未然に知られてはいないはずだ）

百眼は考えれば考えるほど分からないことが増える。

今、百眼の頭の中を混乱させるのはすべてあのランクDの少年が原因だ。

死鳥の戦歴を考えれば多少、腕が落ちていたとしても、その実力は機関の言うところのランクS以上はあったはずだ。

であるからこそ失敗などありえなかった。

（それを何故、あのような劣等ランクの小僧が死鳥と互角に⁉）

謎は深まるが、今はそれよりも今回の失敗は痛い。

今回の作戦は失敗後のことなど想定していなかった。しかも死鳥と祐人の力のぶつかり合いで想定していたよりも数倍派手な襲撃となってしまった。

そもそも強引な作戦ではあったが、今頃はマリオンを拉致してすでに空港から飛び立つ準備が整っていたはずなのだ。自国に到着すればもうこっちのもの。

何を言われようが知らぬ存ぜぬを突き通せばいい。機関の能力者が殺されたと言われようが死人に口などない。

ところが、だ。

結果は、敵は全員生き残り、味方は自分以外どうなっているか分からない。

「ちくしょうが！」

百眼は防弾を施している頑丈な車のドアに拳をぶつけた。

百眼にも今後のことは予想がつく。

今回の失敗で機関所属の能力者とのいざこざという話だけではなくなってくる。他国の公道で派手に暴れたのだ。しかも少なからずその高速道路を破壊している。

そして、前回の女学院で暴れた事実も当然、加算される。

もう日本政府もさすがに黙ってはいられないだろう。

この事態には必ず能力者部隊のない日本政府と世界能力者機関がより緊密に手を組み、今回の件を調査して対抗策もうってくる。

また、今現在、水面下で進行中の呪詛に関する話し合いにも影響が出てくるのは必至だ。

日本政府の態度は硬化し今まで穏便に、とされていた依頼の内容も変わってくるだろう。

これで機関はなんの躊躇いもなく動ける。それどころか動かずにはいられないだろう。

闇夜之豹所属の認識票という証拠を残しているのだ。

だがそれも今回の襲撃が成功していれば別にそこまで問題視する気はなかった。伯爵から「どんな犠牲を払ってでも構わない」と言われている。

とはいえ今回の失敗は内容が悪すぎる。次回、もう一度仕掛けるにしても難易度は今回よりも跳ね上がるだろう。加えて闇夜之豹の能力者を三人も置き去りにしてきた。これで連れてきた闇夜之豹六名を失った。

まさに大失敗である。

「クッ……なんでこんなことに！　この楽な依頼で伯爵の覚えもよくなるだけのもののはずだったのだ。これで手ぶらで帰れば私は……」

百眼は絶望と恐怖に怯えるように頭を抱えて車の床を見つめる。

(このままでは終われん。もう呪詛の問題など知らん。中央亜細亜人民国など、どうでもいい！　ただ伯爵の言いつけだけは守らねば！)

百眼は顔を上げると正気を失ったような虚ろな目を広げた。

「……死鳥はどうなった？」

「は、はい。今はそこまでの情報はなく……」

百眼の薄気味悪い雰囲気に工作員も狼狽えながら答える。

「まさか、あのまま残って戦い続けてはいないだろう。おそらくホテルに帰ってくる。すぐに残っている者を集めろ。それと日本に展開している闇夜之豹も全員だ！」

「は、はい、すぐに伝えます！」

慌てて携帯を取り出した工作員を瞳孔の定まらない目で見た百眼は唇を大きく歪ませた。

だが、この時の百眼の焦りと恐怖は背後から尾行してきている大峰、神前両家の精霊使いの存在に気づかせる機会を失わせてもいたのだった。


百眼たちの襲撃後、祐人たちは学院に行くことを一旦諦め、あのあとすぐに現れた大峰、神前家の用意した車に乗って機関の研究所に向かっていた。

研究所には機関専用の医療施設もあり、明良から報告を受けた日紗枝や志摩も状況の確認のために急いで来るとのことだった。

「祐人さん、大丈夫ですか？」

祐人の右横からマリオンが涙目で聞いてくる。

「うん、大丈夫だよ、マリオンさん。そんなに心配しなくても、こういうの僕は慣れているから……」

「馬鹿！　こんなことに慣れてどうすんのよ！　あなた左肩がイッてるのよ!?」

顔を真っ赤にして怒る瑞穂がマリオンの反対側の横から大きな声を出す。

「あはは、ごめん……」

車は大峰家の者が運転し、助手席に明良、後部座席にマリオンと瑞穂に挟まれて祐人が座っている。

体中に傷を負い、左肩の鎖骨が折れ肩鎖関節を痛めた祐人のことを考えてゆったりと二台に分けて向かおうとしたが、祐人の横を瑞穂とマリオンが譲らず結局、今のような状況になった。

「堂杜君、実際、無理をしないでください。きつかったらすぐに言ってくださいね。その二人を後ろの車に移しますから。まったく……お二方も堂杜君が心配なのは分かりますが、一緒に乗ることもないでしょうに」

そう明良が言うと瑞穂もマリオンも気まずそうに顔をそむける。

明良はため息をつくが今は本当に祐人の体を心配していた。

明良にしてみれば祐人は自分と主である瑞穂の命の恩人と言っても過言ではないのだ。

明良は今回の祐人と燕止水との闘いを目の当たりにして、祐人の実力を見誤るほど馬鹿ではない。祐人がいなければどうなっていたか、と考えると背筋が寒くなる思いだった。

それ故に明良は祐人に対し恩義を感じている。

特に主である瑞穂、四天寺家の客人であるマリオンを救ってくれたことに。

「堂杜君、ありがとうございます。君がいなければ私たちは今、こうしてはいられなかった」

「いえ、気にしないでください、神前さん。それに悪いのは襲ってきたあいつらですよ」

祐人は両側から瑞穂とマリオンが自分の傷をすべて確認するように、体中に視線を動かしている状況が少々落ち着かない。二人は祐人の応急処置のために片手に傷薬の軟膏（なんこう）を持ちながら祐人を手当てしてくれていた。

「あ、瑞穂さん、マリオンさん、大丈夫だから。痛みに僕は強いし瑞穂さんたちも傷を負ってるんだから、まず自分に塗（ぬ）って……」

「黙ってなさい！　祐人」

「駄目（だめ）です。動かないでください」

ピシャリと二人に言われて黙る祐人。

二人の少女は傷のひどいところに抗生物質（こうせいぶっしつ）の入った軟膏を塗ってくれるのだが、どうにもくすぐったいし、顔を近づけて塗ってくるのでなんと言うか……恥（は）ずかしいのだ。

二人は分かっているのだろうか？　後部座席に三人座って、ただでさえお互いの間に隙間（すきま）がないのにもかかわらず、それ以上近づくとどういう状況になるのかを。

祐人は顔を上気させてしまっているのだが瑞穂とマリオンは治療（ちりょう）に夢中で気づかず、体を寄せてくるので密着し、また二人の制服のスカートも乱れている。

祐人の傷が心配な明良は二人を諌めようと振り返り、その祐人の状況を確認すると……ニイと笑って何も言わずに前を向いた。

しばらくして機関の研究所の近くまで来ると、明良は真剣な顔で祐人に話しかけた。

「堂杜君……聞いていいかい？」

「なんですか？」

「君は……一体、何者なんだい？」

その明良の問いに瑞穂とマリオンも思わず祐人の傷の手当てをしている手を止めてしまう。

「いや、すまない。失礼なことを言っていると分かっているよ。ただ私だけではないと思うんだ。こう思ってしまうのは……。君のあの闘っている姿を見た者なら誰しもがね」

「神前さん、僕は堂杜祐人です」

「え？」

「僕は機関の定めるランクDの天然能力者、堂杜祐人ですよ。それ以上でもそれ以下でもありません。ちょっと能力が近接戦闘に特化されているだけですよ」

祐人の説明に明良は表情を変えず黙って聞いていた。

そして——数秒経ち、片側の口角を上げて目をつむる。

「……分かった。君がそう言うなら間違いがないね。私は君の言うことを信じるよ。君がそう言う限り私はそう信じる。変なことを言った。すまないね、堂杜君」

「はい。それでお願いいたします、神前さん」

瑞穂とマリオンはそのやりとりを聞き、胸を撫でおろすような気持ちになる。

二人とも明良の気持ちは痛いほど分かった。

二人は堂杜祐人という能力者がどういう能力者か知っている数少ない人間だ。

そうだとしても明良と同じ疑問を持っているのだ。

堂杜祐人は何者なのか？　と。

ただ二人はその答えを自分から聞くものではないと何となく察していた。

それはいつになるのかは分からない。でもいつの日か、それを祐人の口から聞く日を待つしかないと感じていたのだ。

「しかしあいつらの目的は何なんだ。あれだけの戦力を用意してまで遂行しようとする目的は」

明良が気をきかせてかは分からないが話題を変えた。

とはいえ、こちらも確かに重要な問題だった。

これだけの騒ぎを起こしてまで何をしようというのか？　すでにもう秘密裏に、という体裁すら整っていない。

「真の目的は分かりません。ただ、あいつらのしようとしていることを僕は聞きました」

「堂杜君、それはあの時の敵から聞いたのかい⁉」

「はい。敵の言うことなので真実かどうかは分かりませんが、あいつは言っていました」

祐人はマリオンに視線を移しマリオンの碧い瞳と目が合う。

「あいつらはマリオンさんを拉致して中国に連れ去るのが目的だと」

「私ですか⁉　何故、そんな……！」

マリオンは驚愕し明良も驚く。

瑞穂は目に力を入れるが、やはり……という顔をした。

「僕の個人の意見ですが、おそらくこれは本当だと思います。前回の襲撃でも、あいつらがマリオンさんを意識しているように感じられました。それにこれだけのことを起こしている最中にそんな嘘を僕に吹き込む意味もないと思います」

「ふむ……実は私も今回の襲撃で瑞穂様かマリオンさんのどちらかに執着しているのは間違いないとは思った。しかし一体、何故、マリオンさんなのだろうか」

明良を含め、マリオンを見つめるがマリオンも首を傾げる。

「私にも全然分からないです。私を攫って何のメリットがあるのかも想像がつきません」

実際、マリオンは襲われる理由がさっぱり分からない。まったく身に覚えがないのだ。

しかしそれが故に余計に薄気味が悪い。

事実、マリオンを標的に大国の能力者部隊が学院に、公道に、と来ているのだ。

「それともう一つ気になるのは堂杜君が相手をしていた、あの恐ろしい能力者だ。あれも闇夜之豹だというのか。だとすると闇夜之豹はとんでもない組織だ。機関を敵に回す可能性が高いのにこれだけ強気なのも頷ける」

明良は闇夜之豹の計り知れない戦力に深刻な表情になる。

「いえ、あいつは今回、雇われた……仙道使いです」

「なっ、仙道使い⁉　それは本当ですか、堂杜君！」

明良は仙道使いというのは知識で知ってはいたが会うのは初めてだった。

仙道使いは強力な力を持っているが、このような浮世の関わりに関心のない者たちとも聞いている。

「はい……そう言っていました。そして自分を燕止水と名乗っていました」

「燕止水？　聞き覚えはない……うん？　まさか死鳥⁉　死鳥の止水ですか⁉」

その名を聞き言葉を失う明良と祐人たちを乗せた車は機関の研究所に到着した。

◆

水滸の暗城――北京郊外にある中央亜細亜人民国の最高機密に類する軍施設であり、中国の誇る能力者部隊、闇夜之豹の本拠地でもある。

その施設内の駐車場に人民党幹部でもある国防部部長の張林の車が進入してきた。

張林は施設の最上階の奥に位置した部屋の前まで来るとお付きの者に振り返る。

「お前はここで待機していろ」

「分かりました。何かありましたらお呼びください」

張林にそう言われ、軍用の帽子を深くかぶったそのお付きの男は頷く。男はガッチリとした長身の体を持ち、艶のない銀髪を垂らしつつ笑みを見せる。

人を信用することの少ない張林がこの施設に入るときに人を帯同させることはほとんどない。その意味でこのお付きの男は例外と言えるほどの待遇を受けていると言える。

だが、さすがにこれから入る部屋の中まで帯同することは許されなかった。

張林は切羽詰まった表情でこの施設の主の部屋のドアをノックした。

「伯爵！　入ります！」

いつもの張林であれば中からの返事を待ってから入室するのだが、今回は返事を待たずに重厚な扉を大きく開けると部屋内に飛び込むように消えていく。

その無用に大きく開けた扉から一瞬ではあるが、中の様子や部屋の主の姿が部屋の外で待機を命じられた男の視野に入った。

そして、扉が閉まり部屋の外で立つ銀髪の長身の男は顎に手をやると目に力を入れる。

「おやおや、これは驚きました。懐かしい顔を見ましたよ。あれはかつてフランスの宮廷を賑わしたあの男に間違いないですねぇ。となると呪詛の首謀者はその愛人でしょうか」

ガストンは顎を摩りながら独り言のように呟く。

「ふーむ、ですがちょっとだけ目的が見えてきましたよ。あの金髪のお嬢さんを狙う理由が……二つの意味でね。あの男がここの指揮をとっていると考えると厄介ですね、私の顔もひょっとしたら覚えているかもしれません。今回はここで引きあげましょうかねぇ」

一国家の超機密施設に潜入しているにもかかわらずガストンは落ち着いたもので、まるで近所のスーパーにおつかいに来たぐらいの表情である。

「どうりで見たことのある結界だと思ったんですよ。ですが、おかげで難なく入れました。ベルサイユ宮殿に張ったときのものよりは改良されていますかね。まあ、吸血鬼には無駄な産物ですけど。しかし、まだ自分を伯爵と名乗っているとはお笑い草ですね」

ガストンは軍用の帽子の位置を調整しつつ考え込むように腕を組んだ。

（うーん、どうしましょうか。さすがにこれ以上は私一人ではきついですね。ここで頑張ってても闇夜之豹の能力者の方々もたくさんいるでしょうし、顔がわれるのはお尋ね者の私には好ましくありません。他に潜入の得意な仲間がいれば良いのですが。それにあまり無理をしても旦那に怒られますしね。とりあえず呪詛の祭壇でも探って、隙があれば破壊して帰りましょう。監視カメラにも細工しておかないとまずいですね）

ガストンは一人、合点がいく表情を見せる。

「とにかく旦那に報告と。しかし相手がこいつらとなると真の目的は呪詛の方ではないですね。まだ二百三十年前と同じことを考えていればですが。そうなると金髪のお嬢さんが本命ですか。これは林さんから聞いた死鳥なる人物についても調べておかないと駄目ですね」

ガストンはそう言うと忽然とその場から姿を消すのだった。

息巻いて日本での闇夜之豹の失態を責めに来た張林を宥め、ようやく帰ってもらうと伯爵は一息ついたようにソファーに体を預けた。

張林は今回の闇夜之豹の失態で日本との交渉が難航し始めたのと自身の上層部からの覚

えが悪くなったことをどうしてくれるのか、や、話が違う、とぶちまけていった。

伯爵はそれを落ち着いた態度でその心配を取り除くように状況を説明し、そして最後はいつもの殺し文句で張林を納得させた。

それは、

「林殿、私が今まであなたに不利益なことをしたことがありますか？　今の状況は想定していた中ではあまり良い状況ではありませんが想定内でもあります。ご心配なさらず。林殿は主席となった後のことをお考えいただければよいのです」

というものだった。

この言葉を聞くと途端に張林は落ち着きを取り戻し、最後は伯爵と談笑し出て行った。

今、伯爵は下らぬものを追い散らしたように嘲笑する。

「何とも矮小な人物だな。それ故に扱いも易いが。だが、もう少しだ。もう少しお付き合いをして頂こう、我々の悲願のために。そして、かつて我々の目的を阻んだ憎き裏オルレアンの血を使うことで、この悲願の達成を見るのだ」

伯爵は既に冷えた紅茶に手を伸ばす。

「ククク、どのような被害や犠牲がでようともはや関係ない。すでに目前なのだ」

目を垂らし口を歪ませる伯爵はティーカップに口をつけた。

「スルトの剣は己を誇示し、能力者の力と存在の重要性を世界に示そうとした。だが、それでは様々な妨害を受けやすい。それでは要領が悪いのだ。そして、歴史の闇の中にもみ消される……以前の私のように」

　すると突然、伯爵の目から白目がなくなり眼球すべてが黒色に染まる。

「であるならば、能力者が絶対に必要な状況を作れば良いではないか」

　伯爵は喉を鳴らすように笑うと恍惚とした表情を見せた。

「ああ……お待ちください。ゲートさえ開けば、あなた様をこちらに招くことが叶います。そうすればこの世界は混沌の中に見る光明を否が応でも感じることになりましょう」

　伯爵は立ち上がり奥の部屋に入って行く。

　そこにはスクリーンが設置されており、そのスクリーンの先には苦しみ悶えている百眼の姿があった。伯爵がスッと右手の人差し指を左から右に移動させると百眼は悲鳴を上げてその場に倒れる。

「愚かな百眼……使えぬ男よ。だが、特別に最後のチャンスをやろう」

　虫の息の百眼はホテルの一室と思しきところで這いつくばっている。

「そちらにロレンツァを向かわせた」

「ハッ、ロレンツァ様が御自ら⁉」

「ロレンツァがいれば、お前の言うランクDの小僧のことが戯言かどうか分かろう。たとえ、それが真実としてもロレンツァの呪詛でその小僧の生命力を奪えば力も発揮できん」

苦痛で荒い息をもらす百眼はその場で何とか姿勢を整えると膝を折り、頭を下げる。

「次回こそは必ず。この命に替えましてもオルレアンの血を引く娘を攫ってまいります！」

「うむ、それと死鳥のコントロールはロレンツァに任せればよい。自ら弱みを作った男など命果てるまで働いてもらおうではないか。価値のない子供のために翼を折った死鳥など一時の使い捨てよ。場合によっては見せしめにガキを数匹殺しても構わんのだ。恐らくロレンツァもそう考えていよう」

「しょ、承知いたしました」

「もうどのような手段も厭うな。派手にやってこい、百眼よ。邪魔ならすべてを破壊し殺せ！　殺し尽くせ！　裏オルレアンの血を引く娘は息さえしておればいい！」

「ハハアー！」

百眼が深々と頭を下げる。

それを確認し、伯爵は画面のスイッチを切った。

東京のホテルの一室で百眼は伯爵との通信が途絶えたと同時に両手を床についた。

たった今、伯爵から最後のチャンスを与えられた百眼は自身を襲う悶絶の苦しみから解き放たれた。

しばらくして百眼は頭を上げる。

その顔は恐怖が依然として消えず、崩壊しかけた精神が表情として露わになっている。

百眼は正常ではない眼光でふらりと立ち上がった。

第3章　見えてくる敵

祐人は機関の研究所に到着するとすぐに研究所内にある医療施設に移された。

瑞穂とマリオンは一緒についていこうとしたが、明良にとめられたので別室の応接室で世界能力者機関日本支部支部長の到着を待つことになった。

瑞穂とマリオンは祐人のことが気になるのか落ち着かない様子だ。瑞穂は部屋をうろうろとし、マリオンはソファーに座っているものの両手を握りしめて俯いている。

明良は二人の様子を見てフッと笑みを浮かべると口を開いた。

「瑞穂様、お聞きしたいことがあります」

「うん？　何？　明良」

「堂杜君の件です」

この質問に瑞穂とマリオンは明良に顔を向ける。

「いえ、深く詮索するつもりはありません。私は瑞穂様や私たちの命の恩人でもある堂杜君の話を信じていますから。ただ、お二方に確認したいことがあります」

「……うん」

「瑞穂様とマリオンさんは堂杜君の実力について既にご存じだったように見えます。ですがそれはいいです。ただ、日紗枝さんが来る前に一点だけ確認しておきますが、彼は……堂杜君はその実力を周囲に知られることで何かまずいことがあるんですか？」

明良の質問に瑞穂とマリオンは目を合わせた。

「どうしてそんなことを聞くの？　明良」

「いえ、私は堂杜君をどうにかしたいとかはまったく考えていません。ただ、彼のあの戦闘力は普通ではありません。あれはランクDなどに納まるものではないです。ですので、ふと思ったんです。それで彼は満足なのか？　と。もし、彼が望むのであれば私も機関に働きかけて少しでも力になれるのではと思いまして……」

明良の提案に瑞穂とマリオンは目を大きく広げて驚いた。

そして、暫くの無言のあと、瑞穂とマリオンは目を合わせて苦笑いをする。

「それは無用よ、明良」

「え？」

「はい、多分、祐人さんはそんなことを望んではいないと思います」

「何故です？　堂杜君なら将来、この機関を背負って立つことも……いや、今でもその中核として十分に機能すると思います。それに彼の実力に見合う対価だって……」

「そうね……そこは明良の言う通りのようにも思うわ。私もマリオンもそれは考えなくもなかったから」

「じゃあ……」

「でもね、祐人はね、きっと、そんなことに価値を置いていないと思うのよ。というか、考えてもいない、といった感じかしら」

瑞穂は困ったような、それでいてその祐人を肯定するような表情で息を吐く。

「ですが、それでは彼は何のためにこんなにも……あの死鳥と死闘を演じてまで、しかも傷を負ってまで戦ってくれるのですか？」

明良の横に座るマリオンは明良の言葉に目を落とす。

「明良さん、私も明良さんと同じことを考えています。祐人さんはいつも最も危険なところに身を置くんです。それでそのことを気にすることもないんです。……でも」

マリオンが一拍置くと明良はマリオンに顔を向けて次の言葉を待って黙った。マリオンは心の内にある不安に耐えるような表情で自分の胸の辺りを握る。

「私もうまく伝えられないのですけど、今は祐人さんのことが何となく分かるんです。祐人さんにとって、それが自然なんだと思います」

「……？」

「祐人さんは自分のためだけに戦う人ではないんです。だから仕方ないんです。誰かといるとそうなるんです。それが祐人さんなんです。時折、心配で心配で仕方ありませんけど」

そう言うとマリオンはその年齢に相応しくない大人びた微笑を見せた。

「そうですか、分かりました。私もお節介でしたね」

明良はマリオンと諦念が見える瑞穂の表情をそれぞれに見て頷いた。

すると瑞穂は腕を組み独り言のように口を開く。

「でもたしかに、もうちょっと上昇志向があってもいいのよ、あいつは。そうすれば暮らしだって楽になるんだし！　それに将来のことだってもうちょっと……ごにょごにょ」

明良は瑞穂の尻すぼみの言葉に噴き出してしまう。

「ちょっ！　何よ、明良！」

「いや、すみません。ただ瑞穂様、そうですね……これは年上としてのアドバイスなのですが、そういう男はお尻を蹴飛ばしてでも前に進ませるのも手ですよ。男は女性の後押しで意識を高めることが多々あるんですから。マリオンさんも……ね」

「そ、そうなんですか？」

「そうです。ですから、男がまごまごしている時は言ってやるんです。前に進め、上を狙え、ってね。男はそういう女性の叱咤激励に突き動かされることもあるんです。ましてや大事に思っている女性からのものなら確率は高くなりますよ。男の成長を待つのも良い女性と思いますが、背中を押すのだって別に悪いことではありません」

「……！」

瑞穂とマリオンはそれぞれにそれぞれの考えで良いことを聞いたという顔になる。

その二人の姿を見つめている明良は嬉しそうな笑みを見せた。

「ですが、今のところは堂杜君の実力を日紗枝さんに伝えないでおきます。堂杜君がその気になったときまで待ちましょう」

明良がそう言った数分後、応接室に日紗枝と志摩が姿を現した。

祐人は機関の研究所内にある医務室のベッドに寝かされていた。だが医務室と言うには有り余る設備の整った部屋である。

先ほどまで機関所属のドクターに骨が折れた左肩を診てもらっていた。その時、レントゲンを見たドクターに数か所、骨が折れているがすべて綺麗にはまっていると驚かれた。

その後、ギブスを勧められたが祐人は治りが遅くなると断り、今は痛み止めの注射のみを施してもらっている。

祐人は今、止水との闘いの記憶を反芻していた。

（燕止水……あいつは、一体）

戦いの最中、止水に襲撃の目的……マリオンを攫うと伝えられて祐人は完全に頭に血を上らせた。今思えばそれは止水の挑発だったのではないかと考えを巡らす。

（考えようによれば完全に乗せられたのかもしれない。でも何故、あいつはあの時笑ったんだ。僕を乗せることができたから？　いや、あの笑みはもっと別のものに……）

祐人は冷静に考えると止水が自分をわざと怒らせ本気で戦うように仕向けたように感じる。しかし、それはおかしいのだ。

本来、戦いとは相手に本気を出させる前に、または実力を発揮させる前に倒すのがセオリーだ。にもかかわらず、あれだけの実力と実戦経験を感じさせる止水がそれとは逆の行動に出た。

（ただの戦闘狂か戦士としての誇りか、それとも何か他に狙いでもあったのか。でも、わざとそうさせて何があるっていうんだ）

今、祐人には何か止水に一筋ならぬ考えがあるように感じるのだ。

止水はこちらが見誤っていなければ本気で戦っているように思う。ということは闇夜之豹から受けたという依頼を完遂させようとしているのは事実だ。

そしてもう一つ引っかかるのは止水が今回の襲撃の犯人が闇夜之豹と機関が気づくようにしていることだ。仙氣を使って意図的に、能力者の体内に融合した闇夜之豹の認識票が出てくるようにしている。

それでは機関に反撃の大義名分を与えて依頼の完遂が困難になるだけだ。

(機関と闇夜之豹との関係を悪化させるのが目的なのは間違いない。いや、敵対させるのが目的だろうな。だとすると混沌が目的か。でも……それが目的なら、もう達成していると言っていいはず。どうして本気で戦いを仕掛けてくる。何を考えているんだ?)

それでいて止水は依頼主の邪魔をしながらも忠実に依頼はこなそうとしているのだ。

そこが祐人には分からない。

また、マリオンを拉致しようとする目的も分からないまま。

(同じ闇夜之豹が仕掛けてきた呪詛とは別件なのは間違いなさそうだけど……黒幕は誰なんだ。同じ人物か……別の人物か)

祐人が考えにふけるとベッドの横に置いてある祐人の携帯電話が鳴った。

祐人は左肩を押さえながら体を起こし携帯を確認する。

着信画面にはガストンと表示されていた。

「あ……ガストン！」

祐人はすぐに電話にでる。

「ガストン、何か分かった？　うんうん……二百年前⁉　まさか……」

〝いえ、間違いありません。彼は当時のフランスでよく見かけましたから。それでその錬金術師が闇夜之豹のボスでしてマリオンさんを狙う理由は先ほど言った通りです。どんな術か私には想像もつきませんが、ろくなものではないでしょうね。何はともあれ今回の呪詛とマリオンさんを拉致しようとしている犯人は一緒でした〟

「それが事実なら……スルトの剣に匹敵する危険な奴だ。しかもいつの間にか中国のような大国の中枢に入り込んでいるなんて」

〝はい、元々呪詛の案件は国防部の張林とかいう小役人が提案したものですが、旦那たちの襲撃自体はこいつが音頭をとっています。呪詛の方は愛人のロレンツァという方の能力ですねぇ。それで旦那、燕止水についてですが……〟

携帯越しに話されるガストンの言葉に祐人が目を見開く。

「子供たちを人質に⁉　それは……」

〝死鳥とまで呼ばれた凄腕の暗殺者がどうして身寄りのない子供たちを守っているのかは分かりません。これから私はその子供たちを追ってすぐに日本に戻ります。今から飛行機に乗るので、うまくいけばその死鳥さんと戦わなくても済むかもしれませんよ〟

「分かった……申し訳ないけどお願いするよ、ガストン」

ガストンは嬌子たちと違い、恒久的に受肉している人外なので祐人が望んでもこの場に召喚はできない。そのため他の人間と同じように移動をしなければならない。

〝それと旦那、残念ですが呪いはどうにもなりませんでした。呪詛の大元と思われる祭壇の場所は何となく分かったのですが、そこまでは辿り着けませんでした。おそらく彼らの部屋の奥にあるので、もう少し時間があれば隙を狙うことも可能なのですが、死鳥さんの方が気になりましたので〟

「いや、今回はそれで十分だよ。いつもありがとう、ガストン」

〝お安い御用ですよ。人手があればもっと色々出来たんですがねぇ。他に潜入がうまい方がいればですけど。あ、飛行機の搭乗が始まりそうなのでまた連絡します〟

「うん、分かった」

〝ああ、あとこれは私の推測なのですが、彼らは二百年前の当時、オカルトと考えられてきた人外や能力者たちをもっと当たり前なものにしようとしていたように思えますね。それ自体危険な行為だったかもしれませんが悪党だったか？　と問われればそうではなかったのではという印象です〟

「当たり前なもの……か、それは今の機関の考えに近いね」

〝それがどうして今のような手段を選ばない悪の親玉みたいになったのかは分かりません。まあ、私も詳しくは知りませんがあの時、彼らを追い詰めたのは人間です。その辺が何か影響しているんでしょうねぇ〟

「……」

〝とはいえ、今、彼らのやっていることはとんでもなく趣味が悪いですねぇ。配下の能力者全員を洗脳して裏切ればいつでも殺せるようにしていますし、一般人でも邪魔になれば躊躇なく消してしまいます。あ、搭乗が始まりました。ではまた連絡します〟

「うん、ありがとう。ガストン」

ガストンとの電話を切ると祐人は窓の外に目を移す。

「闇夜之豹の首領か……どんな過去があるかは知らないけど」

祐人の目に力が籠り腹の底から仙氣があふれだしていく。

「法月さんたちの呪詛もこいつの仕業。しかもマリオンさんを狙うのもこいつか。そして、その手段にされた燕止水は子供を人質に……」

ガストンからの情報の中に堂杜としてどうしても看過できない内容もあった。

（マリオンさんを使って異界と現世を繋いで人外を招くとは一体、何なんだ。まさかとは思うけど異界とは魔界のことか？　もしそれが召喚術の類とはまったく違うものであれば

……うちの管理物件ではないけど堂杜の敵にもなるね。だったら、これからはこちらから動かせてもらう）

そう考えると……祐人は意を決したように口を再び開いた。

「嬌子さん」

「はーい！　呼んだ？　って祐人！　どうしたの、その傷は⁉」

突然、両手を上げて喜ぶように現れた嬌子だったが祐人の姿を見て極度に狼狽した。

「祐人！　誰⁉　誰にやられたの⁉」

「うわ！　だだだ大丈夫だから、嬌子さん」

ジーパンとゆったりとした白のブラウス姿の嬌子は涙目で祐人の体中を包み込むように摩る。祐人は嬌子のあまりの狼狽えようと体の密着具合に慌ててしまう。

すると嬌子は体を震わせ、目は吊り上がり、その口から青い炎が漏れ出す。

「ゆ、許さん。私の祐人に……祐人をこんな目に遭わせた奴は誰よ」

「あれ？　ちょっと嬌子さん？」

嬌子から発せられる霊圧に医務室内の棚やテーブルがカタカタと揺れだした。

祐人が顔を青ざめさせて慌てる。

「ぶち殺す‼　髪の毛一本も残さないわ！　さあ誰、祐人！　そいつの名前を教えて！

そいつのみならず、そいつの百族に至るまで根絶やしに！」

「待って、待ってぇ！　嬌子さん、落ち着いてぇぇ!!　百族までいったら犯罪だからぁ！　僕が逮捕されるぅ！」

「じゃあ、九十九族まで！」

「嬌子さん、お願い！　落ち着いてぇ！　話を、話を聞いてぇ！」

祐人が涙目で嬌子の腰に抱き着いた。

数分後、ようやく落ち着いた医務室内。

祐人が必死に宥めた嬌子がベッド横にあった椅子に座った。

「で、祐人、何かあったの？」

「うん、ちょっと嬌子さんに聞きたいことと頼みたいことがあってね」

「分かったわ！」

「え？　何を？」

嬌子は立ち上がると何を思ったか、その大きく盛り上げているブラウスのボタンに手をかけて外し始める。祐人はポカンとした表情でそれを見つめた。

そして外したボタンの辺りから黒い下着が見えてきて……、

「ちょっと、何をしてんの⁉　嬌子さん！」

「何って祐人のして欲しいことでしょう？　こんな部屋に私一人だけ呼んで、しかもベッドの上で待っている。もう祐人ったら……でも、嬉しい！」

頬を赤らめながら恥じらう嬌子。

「違う、違ーう！　嬌子さん、とにかく話を聞いてぇ！」

「えー」

嬌子は祐人の言葉に心底残念そうに腰を下ろした。

「まず頼みたいことだけど、前に僕の代わりに学校に行ったことがあったでしょう？　それをまた頼みたいんだよ。今度は僕だけじゃないかもしれないけど」

「ああ、そんなこと。お安い御用よ、学校は楽しかったし、また行ってみたいと思っていたから。うわぁ、嬉しいなぁ、今度は何して遊ぼうかしら」

「あはは……なるべく大人しめにお願いね」

「それで聞きたいことは？」

「あ、うんとさ、僕たちの仲間に、潜入というか、建物に誰にもばれずに忍び込むのが得意な人っているかな。ちょっと頼みたいことがあるんだ」

「潜入？　ふむ、誰にも気づかれずに、っていうことよね。うん、それなら得意な奴らは結構いたと思うけど……あ、うってつけの子たちがいるわ」

「本当⁉」

「ええ、あの子たちなら誰にも気づかれないどころか目の前を歩かれても気にならない能力の持ち主よ。私でもその子たちが気づかせようとしないといるのも分からないから」

「へー、そんな子たちがいるんだぁ、すごい能力だね」

「今、呼びたい？」

「今、呼べるの⁉　できればすぐに頼みたいことがあるから是非！」

「そんなの祐人が呼べば喜んで来るわよ。じゃあ最初だから名前を呼んであげて。名前はね、鞍馬と筑波よ。さあ、言ってみて！」

「うん、分かった。えーと、鞍馬さん！　筑波さん！　来て」

　祐人はどんな子たちだろうと思いつつ大きめの声で呼んでみた。

　ところがシーンとして何も変わらない医務室。

「……あれ？　来ないよ」

「違うわ、もう来てるわよ。はぁ～、この子たちはちょっと悪戯好きなのがたまにきずなのよねぇ。こらぁ！　祐人が呼んだんだから出てきなさーい！　出てこないともう呼んであげないわよ！」

〝えー！〟

〝そんなの嫌！　やっと呼んでもらったのにぃ！〟

嬌子が強めの語気で言うと、どこからともなく声が聞こえてくる。

祐人は驚いて周囲を確認するが声はすれど姿はない。

「ほら、ちゃんと挨拶なさい。あなたたちに祐人から頼みがあるんだって」

〝……！〟

〝本当⁉〟

近くから嬉しそうにする小さな女の子たちの声が聞こえてくる。

この時、部屋中央に何かが見えてくるように感じられて祐人が目を凝らしてみると……、

「呼ばれて！」

「飛び出て！」


「「ドンガラガッシャーン‼」」

突然、祐人が目を凝らして見ていた空間に小学生くらいの姿をした女の子二人が互いに体を斜めにし両腕を広げて現れた。

それに対して祐人は驚くには驚いたが無言で半目になってしまう。

（ああ、また……こんなのね。僕の友人たちは）

現れた鞍馬と筑波は黒髪のおかっぱ頭に小さな烏帽子をかぶっており、まるで修験者のような服装で決まったぜ、というような……どや顔。

クリッとした大きな目、自信満々の瞳は祐人をジッと捉えて離さない。

「我らが首領に呼ばれて、鼻高々！」

「嬉しくて誇らしくて伸びた鼻が戻らない！」

「う、うん……それは喜んでくれてるのかな？」

そこに嬌子が手を叩き二人を招き寄せる。

「はいはい、分かったから。じゃあ鞍馬と筑波は祐人の言うことを聞いてあげてね」

「おうさ！」

「ちょいやさ！」

祐人に二人が近づいてくるとその容姿は思った以上に幼い印象を受ける。

それでいてハイテンションな鞍馬と筑波を見つめるとなんだか思わず笑顔になってしまう。この子たちも自分と契約を結んでくれた友人なのだ。

しかも、突然の召喚にも応じてもらっている。

「鞍馬さん、筑波さん、来てくれてありがとう。実は二人に頼みたいことがあるんだ。二人には忍び込んでほしいところがあって、そこであるものを見つけたら破壊してもらいたいんだよ」

「うんうん」

「ふんふん」

鞍馬と筑波は腕を組んで何度も頷き祐人のベッドにさらに近づいてくる。

「首領、場所は？」

「首領の近くは霊力が補給出来て嬉しい。力が漲る！」

幼い容姿の二人がすり寄って来たので祐人は思わず二人の頭を撫でた。

「おっ！」

「わっ！」

途端に鞍馬と筑波は顔を赤らめて叫ぶ。

「勇気百倍！」

「ダイヤモンドパワー！」

「「さあ、場所を！」」

ちょっとたじろぐ祐人だが二人に真剣な顔を向ける。

「中国の北京近郊にある軍事施設、水滸の暗城というところだよ。壊してほしいのはその施設内で呪術に使ったと思われる祭器と祭壇」

それを聞くと鞍馬と筑波は互いの手のひらを合わせて祐人に顔を向ける。

「合点！」

「承知！」

「あはは……お願いね。成功したらご褒美を考えておくから」

「「本当⁉　じゃあ、さっそく行ってくる！」」

鞍馬と筑波は歓喜した表情で頷き合うと大きな声を上げた。

「「神通力！　韋駄天！」」

その言葉と同時に二人の姿が忽然と消え、医務室に祐人と嬌子が残される。

「嬌子さん？」

「何？　祐人」

一瞬の静寂。

「行先の具体的な場所とかその他を色々と教えてないんだけど……」

「ああ、あの調子だと当分帰ってこないし、こちらからの声掛けも届かないと思うわ」

「え、そうなの⁉」

「相当、嬉しかったんだと思うのよ。祐人に呼ばれたのも、頼みごとされたのも」

「そう……なんだ。じゃ、じゃあ仕方ないかな、あはは……」

「……優秀なんだけどね」

祐人と嬌子の間に何とも言えない残念な空気が漂った。

「と、とりあえず連絡がついたら無理をしないようにとだけ伝えておいてね」

「分かったわ」

二人は大きく息を吐いた。

研究所の応接室で明良たちから今回の襲撃の詳細を聞いていると日紗枝は驚き、怒り、そして冷静に声を上げた。

「ここまで舐められるとはね……どうしても闇夜之豹は機関とやりあいたいのかしら。機関所属の能力者相手に天下の公道で大暴れとは、もうルールもへったくれもないわ」

日紗枝の声色は冷静そのものだったが、それ故に怒りの深さも窺える。

「しかも理由は分からないけどマリオンさんが狙いだったわけね。いいわ……機関とやりたいというのならやってあげましょう。気の済むまでね」

日紗枝がニヤッと凄みのある笑みを見せる。

志摩が日紗枝の不穏な発言に慌てた。志摩も明良たちの報告に驚き、頭にきてはいたが日紗枝の性格を熟知している志摩は事態が必要以上に大きくなることを心配したのだ。

「大峰様、落ち着いてください。いえ、もちろん何らかの措置は必要だと思いますし、するべきだと考えます。ですが大国である中国と全面戦争になるのは……」

「仕掛けてきたのは奴らよ！　しかもこれだけ派手にね！　これで生半可な対応を見せたら機関が侮られるだけよ。この状況は遅かれ早かれ他の国家組織も感づくわ。そうなれば機関の名前にも傷がつく。最悪の場合、機関からの能力者離れに影響を与えかねない。志摩ちゃん、支部所属の能力者に召集をかけるわよ。報酬は普段の二倍で打診して」

「お、大峰様！」

志摩の言うことも理解できるが日紗枝の言うことの方がおそらく正しい、と明良は考える。あくまで最悪の事態の想定ではあるが支部長として日紗枝がそのリスクを放って置くわけにはいかない。こちらの方が後々に大問題を引き起こす可能性があるのだ。

とはいえ機関も本気で戦うとなれば無傷では済まないだろう。特に今日遭遇した燕止水のような超級の能力者が敵にいるとすれば尚更だ。

実はこの重要な事実を明良たちは日紗枝に伝えていない。伝えるべき最重要情報にもかかわらず、伝えていないのは祐人の立場を大きく変えてしまいかねないからだった。

当然、明良は悩んでいる。いや、本来は悩むべき事柄ではない。日紗枝が闇夜之豹との戦いを決断しようとしている今、伝えておかなければ仲間にいらぬ犠牲を出してしまうのだ。

ただ明良は瑞穂や自分たちの恩人である祐人の意に反することはしたくない。明良は眉間にしわを寄せ、今はただ座っていた。

日紗枝は前を向き、もう一つ気になることを尋ねた。

「それで瑞穂ちゃん、堂杜君って子は大丈夫なの？」

「はい、本人は大丈夫だと言っていました。左肩を骨折したようでしたが問題はないと……今は医務室にいます」

「そう」

日紗枝は安堵しつつも若干、目を細める。

その堂杜祐人は色々と調査が入っている少年だ。

ここに支部長自ら来たのは瑞穂たちがまたしても襲撃されたという報告を深刻にとらえたこともあったが、実はその中に堂杜祐人がいて、しかも負傷したという情報が含まれていたことも理由になっている。

現在、機関本部からそのランクDの少年の実力が疑われているのだ。

それはランクDほどの力がないことを疑われているのではない。

むしろ、その逆。

その少年の実力はSクラスの相手とも渡り合えるものではないのか、というものだ。

それが事実ならば機関はとんでもない人材を手に入れたことになる。

だが、疑問も残る。その仮定を信じたとして、それだけの戦闘力を持った能力者が何故、ランクDに甘んじているのか、というものだ。

何か目的を持っているのかもしれない。いずれにしろ、何者かも行動原理も分からないこの少年はリスクの面から考えれば放っておけるレベルの話ではない。

そして、その少年が負傷したという状況。

これは二つのことが考えられる。

一つ目はもし堂杜祐人が機関本部の疑う実力を持っているとすれば今回の闇夜之豹の襲撃者に相当な大物の能力者が含まれていたということ。これも事実ならば大問題だ。

もう一つは機関本部の仮定が間違いで単純に実力不足であったということ。

ランクAのマリオンを標的にし、しかも瑞穂がいる状況で仕掛けてきたということは、それなりの準備と実力のある能力者たちを揃えてきたことは容易に想像できる。

そこにランクDの少年が巻き込まれれば負傷してしまったことも当然とも言えた。

であれば今回、撃退したのはランクBの実力者であり経験も豊富な明良が同行していたことが敵にとって予想外であったと考えるのが順当といえる。

「もう一度、確認するけど相手の目的はマリオンさんと言っていたのよね？」

「はい、祐人が敵にそう告げられたと言っていました」

「何故、敵がわざわざ、そのようなことを……」

日紗枝の疑問も当然のことだ。伝えてくる意味がない。

だが、すでに派手に動き、証拠も残してしまっていることも敵は承知しているだろう。

今回、目的を確実に達成しに来た手前、今更それが知れたとしても大した問題ではないということか、と日紗枝は考えをまとめる。というのも今回の襲撃があろうとなかろうと既に機関と中国との対立はこれ以上なく深刻なものとなっているのだ。

日紗枝が何かを言いかけようとすると応接室のドアがノックされた。

志摩が日紗枝に顔を向け、首を傾げて立ち上がりドアを開ける。

「あ、すみません、お話し中に」

「祐人！」

「祐人さん！　もう大丈夫なんですか⁉」

そこには左肩から胸にかけて包帯を巻き、制服のワイシャツを肩にかけた祐人が立っていた。他にもいたるところにガーゼや包帯で応急処置がされている。

「うん、大丈夫だよ。あ！　垣楯さん、お久しぶりです」

「え!?　ええ……」

志摩は祐人に声をかけられて返事をしたが困惑してしまう。

何故ならこの少年に会うのは初めてのはず……。

祐人は志摩の反応を見て「あ……」と声をもらし、慌てて誤魔化すように話題を変えた。

「あの！　僕も中に入っていいですか？」

「え、ええ！　もちろんよ」

祐人は怪我を感じさせないしっかりとした足取りで中に入ってきた。日紗枝は一瞬、祐人を凝視してしまうが、すぐに表情を柔和なものに変えて祐人に声をかける。

「あなたが堂杜君ね。今回は大変だったわね……怪我はいいの？　あ、私は支部長の大峰日紗枝よ」

「はい、堂杜祐人です。怪我の方は大したことはないので痛み止めと抗生物質だけもらいました」

「そう、良かったわ。さあ、ここに座って」

日紗枝に促され、祐人は瑞穂や日紗枝たちの横にある一人掛けのソファーに腰を掛けた。

日紗枝は表情は変えず、だが祐人を観察している。

（こんな人の良さそうな少年が？　とてもじゃないけどバルトロさんの言うような能力者とは思えないわ。でも何かしら、会話をするのは初めてのはず……よね）

日紗枝は祐人を見ていると心の内に僅かであったが、自分の今の認識にズレのような……違和感のようなものを覚える。それはまるで恩人に感謝を伝え忘れているような、不義理なことをしているような、何とも言えない不思議な感覚だった。

祐人は腰を掛けると日紗枝に顔を向けた。

「大峰さん、今回の襲撃の件ですが……ちょっと聞きたいことがあるのと僕なりの考えを伝えてもよろしいですか？」

「え!?　ええ、聞かせてちょうだい。確か、あなたは判断力に優れていると評価されていたものね。参考にしたいわ」

日紗枝は我に返るとそう答え、志摩も元の位置に腰を下ろして祐人を見つめる。

祐人はここにいる全員を見つめながらガストンからの情報をどのように伝えるかを考えていた。機関の幹部である日紗枝がいる手前、ここであまり自分を目立たせたくはない。機関もまだ知らない情報を披露したりすれば、どこからそれを手に入れたのかと当然聞かれるだろう。

もちろんガストンのことを言うことはできない。

また、できれば自分が仙道使いであることも言いたくはない。

(自分のことだけを探られるのならいいんだけど……その延長線上に堂杜家のことまで調査を入れてくる可能性もあるからね。あんまり目立ちたくはないな)

万が一にも堂杜家の存在が明るみになることはあってはならない。

そのために天然能力者として機関に登録したのだ。

堂杜家が千年に亘り秘匿してきた管理物件はそれぞれが世界を揺るがしかねないものである。特に魔來窟だけは知られるわけにはいかない。堂杜家の秘術でよそ者が辿り着かないように強力な結界が張られているが、感づかれるだけでも大きな問題なのだ。

もし、堂杜家を探り、堂杜家の管理物件に対し何らかのアプローチをするような動きがあった場合、堂杜家はその人物、組織、人外にかかわらず全力で潰しにかかるだろう。

それはたとえ、世界能力者機関が相手であっても例外ではない。

祐人は瑞穂たちにも視線を移しながら口を開いた。

「今回の件で……いえ、前回のも含めてですが、今回の中国の横暴に機関は闇夜之豹との戦闘は避けられないというところでしょうか?」

祐人の問いかけに日紗枝は真剣な顔になる。

「そうね。このままにはしておけない、というところね。先ほどもその話をしていたところよ。呪詛の件も含め、まとめてお返ししようと思っているわ」

祐人は頷いた。

「僕もその考えに賛成です。というより、もうそうしなければならないという状況だと思います。ここまで遠慮のないことをしてきて、しかも証拠を残しつつ派手にやってきたんです。これで黙っていては機関の名に傷がつくだけでなく機関に賛同していない者や組織のタガが外れる危険性もあります」

日紗枝は小さく頷き、祐人の話を聞いている。

「それはいいのですが……ちょっと違和感があるんです」

「それは……？」

「おそらく今回の襲撃と呪詛も闇夜之豹が仕掛けているのは間違いないですよね」

「そのようね」

「それにしてはこの二つのやり方が違いすぎるんです。呪詛に関して言えば証拠を残さずに嫌がらせといった体です。これは被害者のことを考えると許せるものではありませんが、やり口としてはよく分かるものです。でも、襲撃の方になると雑というか、なりふり構わずというか、慎重さがありません。一つの国家の同じ組織でこんなにもやり口を変えるものでしょうか？　襲撃の方はこんなにも簡単に証拠も残しました」

「ふむ……」

祐人の言うことに日紗枝を含めたそれぞれが考えるような顔と仕草をする。

そこにマリオンが顔を上げた。

「祐人さん、それは単純に優先度の違いじゃないでしょうか。私を連れ去って何をするつもりかは分かりませんが、こちらの目的の達成が最重要でしかも緊急であったと」

「確かにそうね。私たちを襲撃してきた時の、あいつらの人員の配置を考えるとその本気度が相当なものと思えるわ」

祐人は頷く。

「マリオンさんと瑞穂さんの言うことが正しいと思う。そこでなんだけど中国政府がそんな命令を下すってどれだけのことをしようとしているか、ってことなんだ。たとえば世界能力者機関と全面的な戦争になっても構わない、と思うほどの、それに見合う対価とは？」

日紗枝の横にいる志摩は首を傾げる。

「確かに……状況は異常です。こんなにもあからさまに敵対行動をとってきた国家組織は今までありませんでした。当然、機関の力が大きなものだと分かっているからです。ですが理由はそれだけではありません。それは機関のスタンスが国家間の利権争いには関知しないということもあります。機関の目的はあくまで能力者の地位の確立とその存在の公表をいつの日にか達成するというものですから、直接的に攻めてこなければ大抵の場合、傍観に徹するでしょう。それなのに今回は……」

日紗枝も志摩の言うことは考えていた。よほどの見返りがなければ国家組織が機関に仕掛けてくるなんてことはあり得ない。

それに国家とは実利を好むものだ。呪詛の件はその典型ともいえる。

にもかかわらずマリオンを攫うことで、たとえ機関と全面的な争いになってでも得られるだろうメリットというものがどうしても浮かんでこない。

祐人はある程度時間を置くとガストンからの情報をさも可能性の高い予想というように伝える。

「僕もそこがおかしいと思いました。それで考えたんです」

日紗枝は祐人の考えが聞きたくなった。この一介の能力者にすぎない少年がここまで今回の事態を分析しているのは面白いと感じたのだ。本部から色々と言われているが、それを除いてもこの少年に興味が湧いてくる。

そして、この時の日紗枝は気づいていなかったが、この少年の分析に対して信頼のような感覚すら持っていた。まるで以前に役に立つ意見を受けたことがあるかのように。

「言ってみて、堂杜君」

「はい、それは襲撃の方は中国政府の関与がないのではないか？　というものです」

「え⁉」

祐人のひっくり返すような意見に明良も志摩も驚いたが日紗枝は冷静に受けた。

「なるほどね……あり得るわ。でもそうなると首謀者は？　政治家ではないわね、それこそ能力者とはいえマリオンさんを一人攫って巨額な金や利権が手に入るということはないでしょう。ということは政治的なメリットではないものを追いかけている人物ね」

「はい、首謀者は恐らく闇夜之豹の中にいる人物。そして、これだけの人数の闇夜之豹を動かせるとなると上位の幹部もしくは……」

「トップというわけね。闇夜之豹の組織図はある程度、調べがついているわ。あいつらには序列というものが明確に存在していないの。ただ確実にあるのはそれを統括するリーダーだけ。そう考えれば、あいつらが死に際に言ってた謎の首領……伯爵と呼ばれている気味の悪い奴が今回の首謀者である可能性大ね。しかも政府に黙って好き勝手やっている」

「はい……実は僕は敵からその首謀者の本名を聞きました。瑞穂さんたちにも伝えていませんでしたが。というのも聞いたところで、それが正しいかどうかの判断もつかなかったからです」

「それは本当⁉」

日紗枝は目を大きく広げた。明良も含め瑞穂もマリオンも驚く。

「はい、ただ先ほど治療を受けながら闇夜之豹の動きの妙なところを考えていて、あながち嘘ではないのでは、と思い直したんです。闇夜之豹の実情は何者かの私兵と化しているのではないかと。それで支部長である大峰さんに判断を仰いだほうがいいと思ってここに急いできました」

祐人の言っていることは嘘だった。それは先ほどガストンから聞いたものであって敵から入手した情報ではない。

「それで堂杜君、そいつの名前は？」

日紗枝に催促され、瑞穂とマリオンからは見つめられて、祐人は内心ちょっとした罪悪感が湧くが思い直して前を向く。

「敵が言い残した伯爵とかいう首領の名前は……」

志摩も明良も祐人を凝視する。

「アレッサンドロ・ディ・カリオストロ……伯爵」

祐人の言うその人物の名前を聞き、そこにいる一同が言葉を失った。

第4章　機関の決断

「ま、まさか、そんなことが……。アレッサンドロ・ディ・カリオストロ伯爵、本当に同一人物なの⁉」

日紗枝は祐人の発した思いもよらぬ人物の名前に愕然としながらもまだその情報の真偽を疑っている。

「はい、これが事実ならばスルトの剣に並ぶほどの危険な人物です。ですがまさか生存しているとは考えづらいです」

志摩も今はまだ完全には信じられない、といった様子で日紗枝の言葉に応じた。

瑞穂とマリオンは日紗枝たちが見せている深刻さにまだピンと来ていないところがあったがスルトの剣と聞いて表情を引き締めた。

特にマリオンはその人物に狙われている当事者として色々と聞きたい衝動が起きる。

「あの、大峰様。そのカリオストロ伯爵はまさか近世フランスでの〝首飾り事件〟の人物ですか？　あのマリー・アントワネット王妃を巻き込んだ詐欺事件の」

マリオンの問いに日紗枝と志摩は一瞬だけ目を合わせ、日紗枝が頷くと志摩は神妙な顔で前を向いた。

「……そうです。本物かは別にして、その人物のことで間違いありません」

「そんな！　二百年以上前の人物が⁉」

瑞穂も明良も驚きを隠さず、祐人は自分の左肩を撫でた。

志摩はマリオンたちを見回すと口を開く。

「これは機関の持つ機密情報です。機関の直属となったものだけに開示される情報……というより教育と知識といったものですね。スルトの剣を知っているマリオンさんたちは機関にも色々と敵が多いのは知っていると思います。その中には無視できない力と思想を持った機関未所属の能力者がいることも……」

「……はい」

「カリオストロなる人物はその危険な思想を持った能力者のリストに入っている人物です。とはいえ既に死んでいるものとして、この情報の重要度はだいぶ下がっていました」

「能力者ですか⁉　歴史ではただの山師として伝えられていますが……」

「機関にある情報だとこのカリオストロなる人物は降霊術と称してかなり危険な術を開発していたと言われているの。それで数多くの人たちを巻き込んだと言われている」

マリオンたちは志摩の話に耳を傾け、横で危険な術と聞いた祐人の目が鋭くなる。

「危険な術とはどういったものだったんですか？」

瑞穂が質問すると日紗枝が答える。

「実は厳密には分かっていないんだけど……どうやら降霊ではなくて、人ならざるものを呼び込んでいたとされているわ」

「それは召喚術の類ということですか？　でも数多くの人たちを巻き込んだというのは……どういうことでしょう」

「そこがよく分からないの。記述によると彼は召喚士ではなかったはずよ。それと召喚か降霊とかという問題より思想の問題のように書かれていたわ。全部は覚えていないのだけど人外の存在を公にしようとしていた、というのがあったわね」

人外の存在を公に、と聞くと皆の顔が厳しいものになった。

ここにいるのは全員能力者だ。人外が我々人間とはまったく違う理で存在していることを知らなければ危険極まりないということを知っているのだ。

「一般の人たちに人外がいることを当たり前と理解させて人外との共存を目指す活動をしていた、だったかしら。多くの人たちを巻き込んだというのは簡単な術を披露して……そうね、当時の人たちを驚かせて宗教集団に発展していきそうな勢いになったらしいのよ」

「かなりリスキーなことをしたんですね。それだと自分たちが能力者だと公表した形になるわ。うまくやらないと私たちが物の怪の類と迫害される可能性もあるのに」

　瑞穂の反応と感想は過去の能力者たちの歴史に沿った考え方であり、大多数の能力者の常識であろう。それを打破するために能力者たちは機関を発足させ、数十年に亘り血のにじむような活動をしている。

「それにしても共存……それはどういう意味なのでしょうか？　一体、どんな種類の能力者なのでしょう」

　マリオンが形の良い眉を寄せた。

「分からないわ。召喚術なら常に霊力、魔力といった代償が必要となる。その意味で、永久的に人外を存在させることはできないし、契約を結んだ人外を見せたということも考えられるけど、それでも契約者から離れて一般市民との生活になじませるというのは……無理がありすぎてどちらも共存とは結びつかない」

　終始、祐人は目を細めながら黙って聞いている。

（共存……）

「ただどんな能力者か、といえば記述はあったわ。どうやらカリオストロは錬金術師だったみたいね。そしてその愛人のロレンツァと呼ばれる女性は呪術師と……言われているわ」

「呪術師⁉　それじゃあ、今回の呪詛も……」

「繋がってきそうなところだけど断定するには情報が足らないわ。先ほどマリオンさんも触れたけど、この話は二百年以上も前の話よ。普通に考えて生きているわけがない。そういうことだからこの情報の秘匿性も落ちてきたのよ。ただ……」

日紗枝は志摩と視線を交わして瑞穂、マリオン、そして祐人に目をやる。

「スルトの剣のこともある。どういうわけかスルトの剣の首領ロキアルム、その弟子だったニーズベックは百年以上衰えずに存在していた」

「……！」

瑞穂とマリオンが顔を強張らせる。

ミレマーでの大敵スルトの剣は自分たちを苦戦に追い込んだ組織だ。

祐人が応援に来てから事態は変わったが、もし祐人が派遣されずそれ以外の能力者が派遣されてきたとすれば今、自分たちはここにいなかったかもしれない。

「それは機関でも知らない秘術が存在する可能性があるわ。もし、それをこのカリオストロという男も身につけているのならば……」

祐人は無言でその話を聞いていた。

そしてミレマーで撃退したロキアルム、ミズガルドのことをその脳裏に浮かべた。

（あれは……体に妖魔の血肉を取り込んでいた。あの術は魔界で何度か見たことがある。各地に存在した魔神たちが人間を使役するときに使っていた術だ。仕組みは分からないけど、魔界で数度経験していたからあのロキアルムとの戦いでは疑問に思わなかった。でもスルトの剣は誰かに使役されているようではなかった。いや、問題はそこじゃない。それを……大峰さんほどの機関の幹部が秘術と呼ぶ。ということはあの術の存在はこちらの世界ではあまり知られていない？）

祐人はそこまで考えるとある可能性が頭を過り、危険な予感が全身を覆いだした。

（その術を伝授した能力者がいるのか？　こちらで解明されていないその術を。だとすれば、一体、何者に？　まさか魔界と通じる者が……！）

祐人の目が険しくなる。

その祐人の変化に瑞穂とマリオンは気づいた。二人は不安げな表情をみせるが瑞穂はすぐに引っ込め、マリオンは不安そうな顔を隠せないまま祐人を見つめている。

その二人の反応から日紗枝も志摩も祐人に目を移した。

祐人はその視線に気づき、慌てて険しい目を解く。

「あ、大峰さん、それでカリオストロはその後どうなったのですか？」

「機関に伝わる話では殺されたわ」

「……殺された？」

「表に伝わっているものでは獄中で死んだことになっているけど、事実はフランス王室に従う能力者にね。それが……」

日紗枝がマリオンを見るとマリオンは日紗枝を訝しげに見つめ返した。

「王家の暗部を支えた能力者家系……オルレアン家にね。表と区別するために裏オルレアンとも呼ばれているわ」

マリオンは自分の血筋に関係する家の名前が出て驚く。

「この情報もすべて裏オルレアン家からもたらされたものよ。当時、カリオストロを危険視した裏オルレアンからの提案でフランス王室はカリオストロを何も関係のない首飾り事件に巻き込み、まずその名声を失墜させた。そうすることで信頼を失わせてカリオストロの術がすべて嘘っぱちと広めたのよ。その上で裏オルレアンの能力者が彼を……」

「抹殺したと」

祐人がそう言うと日紗枝は首を振った。

「実はこの話には続きがあってね。殺したと言うのならカリオストロを裏オルレアン家からの情報提供で機関の危険人物指定の秘匿情報に入れないはずよ。そう考えると追い込んだのは事実だろうけどカリオストロの死は完全に確認されなかったと想定されているわ。

実際、現在の裏オルレアンも同じことを言っている。ただ既にそれは二百年以上前の話。だから、その名前が堂杜君の口から出て私たちも驚いたのよ」

日紗枝がそう言うと志摩が付け加える。

「はい、大峰様が仰る通りです。この情報をわざわざ機関の秘匿情報に記載しているのはもはやカリオストロ本人を心配したものではなく、もし生きていたと仮定してその子孫や思想、術を受け継ぐ者が現れる可能性を危惧したものと聞いています」

「ただ今回、オルレアンの血に連なるマリオンさんを狙うことといい、呪詛といい、状況は確かに繋がる。そしてスルトの剣の例から考えて本人であることを否定しきれないのが気味の悪い話だわ」

日紗枝は事態の整理をするように顎に手を添える。

「ただ何度も言うようだけどスルトの剣が百年もの間生きのびたとしても、今回はその二倍以上の年月よ。今は偽情報かカリオストロを騙る何者か、そう考える方が現実的でしょう」

「たしかに……もっと情報が必要ですね」

と言いながら祐人はむしろ日紗枝のこの話で敵がカリオストロ本人で間違いないと考えた。いや、本人を見たことがあるガストンが言ってきたのだ、間違いはない。

そしてガストンの言う彼らの狙いも今の話で確実性が増した。マリオンを拉致して一体どんな方法や術を考えているのかは分からないが、これもガストンの言う通り、ろくなものじゃないだろう。決してマリオンを渡してはならない。

「こちらでもできるだけ調査はするわ。何はともあれ闇夜之豹が無茶苦茶してきたのは揺るぎのない事実。闇夜之豹へのきついお灸をすえなければ気が済まないわ。だからマリオンさん、安心して。あなたには何もさせないから」

「はい、ありがとうございます」

「もちろんよ！　マリオンに手を出そうなんて絶対に許さないわ！」

瑞穂の力強い言葉にマリオンは微笑を見せた。その様子を見て日紗枝も頬を緩める。

「あ、大事なことを聞くのを忘れていたわ。瑞穂ちゃん」

「何ですか？」

「今回の襲撃メンバーに特殊な能力者はいなかった？」

日紗枝の質問に明良も含め、瑞穂とマリオンが真剣な表情になった。

何故なら、そのメンバーに特殊どころか超級の能力者がいたのだ。

死鳥と呼ばれ、能力者の家系でも名門の黄家の前当主に土をつけ、若き日の【天衣無縫】、現在の機関の定める最高ランクであるランクＳＳの王俊豪に手傷を負わせたほどの能力者が。

「と、特殊とは？」

嘘が下手な瑞穂はちょっとだけ引き攣った声で応じる。

「前にも言ったけど、仙道使い……と思しき能力者よ」

「え!?　ど、どうだったかしら、マリオン！」

「はい!?　ちょっと分からないです。私も仙道使いは見たことがないので。でも、何故ですか？　大峰様」

「今回、捕らえた闇夜之豹の能力者たちからも認識票が出てきたのよ。しかも今回は死にはしなかったわ。突然、口から吐き出したとの報告を受けたのよ。まだ意識が完全にははっきりしていないようだから尋問は後でするけど」

それは実は祐人が戦意喪失している闇夜之豹の能力者たちに仙氣を当てて気絶させたのだ。瑞穂から仙氣によって認識票に込められた術式が壊れて体外に出てきたのではないか、ということを聞いたので体中に伝わるように強烈な氣をお見舞いしている。

祐人は考えるような顔をすると口を開いた。

「仙道使いか分かりませんが敵の中に近接戦闘に特化された能力者がいました。そいつが僕と戦った奴です。僕も体術には自信があったのですが、かなり手ごわいやつで……倒しきることはできませんでした」

「―！」

必死に祐人のために隠そうとしていたことを祐人本人が語りだしたことに瑞穂とマリオンは驚く。

明良は一瞬だけ目を大きくしたが冷静に祐人の言うことに耳を傾けた。

「堂杜君……その話を詳しく教えてくれる？」

日紗枝と志摩は祐人に注目する。

「はい、そいつの身のこなしはただものではなかったです。そういえば……霊力や魔力を感じませんでした。もし仙道使いがいるのだとするなら、そいつではないかと」

志摩は日紗枝の横から目立たぬようにしながらも祐人の表情を値踏みするように観察している。

「ふむ……あり得るわね。確か、堂杜君の体術はA判定。単純な近接戦闘型の能力者相手だったら相当な奴とも渡り合っていけるわ」

そこに明良が口をはさんだ。

「私も見ていましたが、ほぼ堂杜君と互角といったように見受けられました。なるほど、堂杜君は体術がA判定でしたか。どうりでランクDとは思えない戦いぶりでした。いやぁ、堂杜君がいてくれて本当に助かった。恐らくですがマリオンさんを拉致するのに精霊使いである私たちがいては難しいと敵も考えたのでしょう。それで精霊使いが苦手な近接戦闘型の能力者を連れてきたのではないでしょうか？」

日紗枝と志摩も明良の言うことは理にかなっていると考え、頷く。

「今、思えばテレポーターを配置してきたこともそれが理由でしょう。堂杜君が相手をしてくれたその能力者をタイミングを見計らいながら私たちの至近にテレポートさせるための。そう考えれば精霊使いの懐に入るための作戦として悪くない発想です」

明良の推測を含めたこの分析は当たらずとも遠からずのものだった。

事実、百眼はそのテレポーター同士、呼気使いの能力者とテレポーターとの連携を作戦として組み込んでいた。だが、この話には決定的かつ意図的な見逃しがある。

それは【死鳥】の二つ名を持つ仙道使い燕止水の実力……ひいては堂杜祐人の実力だ。

祐人は明良の方向を見ると僅かに頬を緩め、すぐに戻した。

「そこに近接戦闘特化と言っていい能力の僕と正面からかち合ったことで、その作戦は偶然、封じられてしまったということですか。僕はランクDなので、その場にいたところでたいした影響はないと思われていたんでしょうね。そういえば敵はとても焦っていたようにも見えました。それが原因かもしれません」

日紗枝は納得するように大きく頷いた。

「霊力、魔力もない……そいつが仙道使いの可能性が高いわね」

日紗枝は志摩に視線を移すと再び祐人に視線を戻した。

「でもそうなると何故、仙道使いが敵と一緒に戦っているのかが疑問なのよ。何故なら、あの闇夜之豹の認識票は仙氣によって効力を乱されて姿を現した可能性が高い。ということは、もしそれを狙って仙氣を闇夜之豹所属の能力者に与えたというのなら明らかに闇夜之豹への背信行為よ。証拠を残させて機関とのいらぬ争いを招くことになるのは確実なのだから」

「え？」

「それは大峰さんの言う通りだと思います。僕もそこが引っかかっていました。それであの時、僕はそいつに何故、認識票を残すような真似をしたのか、とかまをかけました」

仙道使いと知らないのに何故かまをかけたのか？　という顔をされて祐人はハッとして焦る。

「あ、いや、事前に瑞穂さんから仙道使いの可能性を伝えられていましたので！　ひょっとしたらこいつは仙道使いか、と疑っていたんです。それで今回の騒動を利用して機関と中国を敵対させるような真似をしているのかと思ったからです」

「ふむ、凄いわね、堂杜君。そこまで考えていたのね。それで……どうだったの？」

「あいつは否定せずに笑って、ただマリオンさんの拉致を依頼されただけ、と言っていました。どうやらそいつは闇夜之豹ではなく今回、依頼を受けてやってきた能力者のようです」

この時、日紗枝は眉を顰めた。

（闇夜之豹が外部の能力者に依頼？　普通に考えてあり得ないわね）

あり得るとすればランクAの瑞穂、マリオンの実力を考えて今回の作戦を確実に遂行できるS級の仙道使いを探して連れてきた、というものだろう。

それだけ今回の作戦を重要視したとなればそれもなくはない。

ただ今回の件を考えれば可能性は低いだろう。

何故なら、もしそうだとした場合、今頃全員生き残ってはいないだろうからだ。

（ただ、仙道使いなら闇夜之豹ではない可能性がある。認識票が仙氣に壊されるのなら仙道使いには機能しないわ。認識票が機能しない能力者を闇夜之豹のボスは部下にしないでしょうね。こんなものを作る人間は他人を信用できない性格をしているのに間違いないでしょうから）

日紗枝がこのように考えているとは知らずに祐人は話を続ける。

「これは僕の私見ですが、今思うと彼が仙道使いで闇夜之豹の認識票を壊したのに間違いないと思います。そして何か、闇夜之豹とは違う独自の考えと目的……それと理由があるように思えます」

祐人は止水の置かれている状況は知っている。

ガストンからの報告では止水が身を寄せた家の子供たちが人質にされているのだ。

しかしその情報の出所は伝えることはできない。

そのため慎重に話を誘導していた。

「ふむ、でもそれだけでそこまでは分からないわ。推測が入りすぎて断定は難しいはずよ」

(う、痛いところをつかれた！　って当たり前か。ちょっと話に無理があるもんな。でもここで退いちゃ駄目だ。えーと、えーと……)

日紗枝は足を組み、志摩は思案するように顎に手を添える。

「志摩ちゃん、どう思う?」

「正直、これでは何とも……ただ、仙人や道士は浮世に興味のない能力者たちと言われています。そして享楽的で何ものにも囚われず、自由気ままな存在と。そのような者たちが闇夜之豹の依頼に乗るというのは本来、考えにくいです。その意味では堂杜君の、他に目的があるという話も分かります。といっても結局、何を考えているのかは分からないままですが……」

「ふむ……」

日紗枝もこの祐人の話で何かを推論するのは難しい。だが、日紗枝は考えをまとめるように今の状況とそれぞれから出た話から、なにかしらの決断を出そうとしていた。

「大峰さん、ちょっと僕から提案してもいいですか？」

「うん？　何？　いいわよ、堂杜君」

「今、機関としてしなくてはならないことは二つあると思います。まずはマリオンさんを狙ったと思われる襲撃犯を撃退すること。もう一つは呪詛の対処です。どちらも闇夜之豹がこれを仕掛けてきていることも分かっていますから、これに対し機関が厳しい対応を見せることが必要です。この対応如何で他の組織や能力者たちの機関に対する見る目も変わりますので甘い対応では機関の威信にかかわります」

日紗枝は頷く。内容としては先ほど自分が言っていたことと変わらない。元々、そうするつもりでいたのだ。

「そこでなんですが、偶然にもこの二つの事件に関わっている人たちがいます」

「……うん？」

日紗枝と志摩は眉を顰める。

祐人の言葉にハッとしたように瑞穂とマリオンは祐人に顔を向けた。

「それは言わずと知れた僕たちです。そして、僕たち全員は機関に所属している能力者でもあり、しかも瑞穂さんとマリオンさんは若くしてランクAを取得している機関の将来のエースともいえます」

「堂杜君……何が言いたいの？」

「今回の件、闇夜之豹への報復については僕たちに任せていただけないでしょうか？」

「え！」

「初手だけでも構いません。もし僕らの手に余るようでしたらすぐに応援を頼みます」

「堂杜君、瑞穂ちゃんから話を聞いているし、あなたたちの気持ちは分かるけど、それは頷けないわ。確かに呪詛の件については依頼を出すつもりでいたわ。でも今回の襲撃の件で状況は変わったのよ。目的が定かではないのが不気味だけど機関も全力で動くつもりなの。中途半端な対応では駄目だわ、徹底的にやったことを見せる必要があるのよ」

「はい、その通りです。徹底的にやるべきです。ですが外から見て、それが日本支部の全力をあげて報復したと思われるより、余力を残していると思わせながら報復できたとしたら、機関の底力を見せつけることができ、こちらの手札も晒さずに済みます。何よりもこの方が、この事態を見ているだろう第三者の連中に対してインパクトが違います」

「……！」

日紗枝は表情を強張らす。

祐人の言うことはそうだろうが瑞穂たちだけでそんなことが出来るとは思えない。それに、やるとなれば全力でいくべきである。戦力の逐次投入は愚策とも言えるのだ。

「それはその通りだけど失敗したり、あなたたちに何かがあっては意味ないわ。堂杜君、闇夜之豹をそこまで甘く見ない方がいいわよ。闇夜之豹は大国に所属する優秀な能力者部隊。瑞穂ちゃんたちの実力は知っているけど、若いあなたたちだけでどうにかなると思わない方がいいわ」

日紗枝の話は当然のものと言える。闇夜之豹の全容は分かっていないが、知られている所属能力者だけでも機関におけるランクBクラスの者が何人もいるのだ。

日紗枝はさすがにこの祐人の提案を打ち切ろうとするが祐人は諦めずに話を続ける。

「いえ、大峰さん、僕に考えがあるんです」

日紗枝は正直、これ以上の話し合いは無駄とも思ったが最後だけ祐人の話を聞くことにした。

「言ってごらんなさい」

「今回、闇夜之豹は認識票という決定的な証拠を残すという大ポカをしました。そして、それは仙道使いの仕業の可能性が高いことも分かっています」

「うむ……」

「さらに今回の襲撃者の中に闇夜之豹に雇われた仙道使いがいました。先ほども話しましたが仙道使いが滅多にいないことを考えれば、こいつがその証拠を残させたと考えるのが妥当だと考えます。で、その目的なのですが一つだけ確実なことが言えます」

ここまで聞き流すように聞いていた日紗枝は祐人の話に興味を持ち、目に力を入れた。

「それは？」

「大峰さんも触れていましたが機関と闇夜之豹の戦争です。これは間違いないでしょう。では、何故か？　ここが問題です」

「そうね……で、あなたはどう考えているの？」

「先ほど、志摩さんが仰っていた通り、仙道使いがこんな依頼に乗るのはおかしいです。僕の考えはこの仙道使いが意に反して無理やり闇夜之豹に雇われているのではないか、というものです。それで、この仙道使いは機関に闇夜之豹を潰してもらいたいと思っているのではないでしょうか」

祐人は必死で日紗枝に今回の件を自分たちに任せてもらえるように話す。

「自分は闇夜之豹に従わざるを得ない、逆らうのも難しい。であるならば強敵である機関を動かし、闇夜之豹にぶつける。そのために機関が動かざるを得ない理由づくりをしていたんだと思えば今回の認識票の件は説明がつきます」

「ほう……」

「まだ奴らは日本にいるはずです。僕はまずあの仙道使いが何故、闇夜之豹に従っているのかを調べます。もし予想通りなら味方に引き込むことも可能です。いえ、それが無理でも敵の戦力を大幅に割くことが出来ますし、僕たちだけでも対抗できるはずです」

日紗枝は話を聞き終えると祐人の顔を見つめた。

祐人の話は聞くべき点はある。

だが推測が多く、それで祐人たちが闇夜之豹を撃退できるとは限らない。

さらに言えば祐人の話はストーリーとしては上手く出来ている。

だが、出来すぎているのだ。

少々、断定気味に話をしているのが日紗枝には分かった。

では、それは若い少年にありがちな思い込みから来るのか？　それも日紗枝には違うように感じられた。この少年はそんな自分の妄想に酔うタイプでもないだろう。

日紗枝の中に、ある考えが浮かぶと莞爾と笑う。

（この子のその話の根拠……試してみましょうか）

「堂杜君……」

「はい」

「あなた、何か掴んでるわね？　まあ、すべてではないでしょうけど確かな情報も持っているのでしょう。それを隠そうとしていることについて今は追及しないわ。ただ確かな情報かどうか、そこははっきりさせなさい。そうでなければあなたの提案を受け入れることはないわ」

　ギクッと祐人は日紗枝の目を見る。

　瑞穂とマリオン、そして明良も日紗枝の言うことに驚いているようだった。

　瑞穂たちも祐人がそのような情報を得ているとは知らない。

　祐人は必死に情報の出どころがあると知られないように話していたが、そこは経験豊かな日紗枝に見透かされ、動揺しつつもどう返答しようか考える。

　ここで情報源があると話して契約人外がいることまで勘繰られるよりも、しらを切った方がいいか、と思い始めると……ある方向から凄まじいプレッシャーを感じて慌ててそちらに目を向けた。

　するとそこには……、
　強烈な眼光を放つ瑞穂と笑顔という形を整えたマリオンがこちらに集中している。

その二人は表情だけで考えていることを祐人の脳裏に幻聴のように送り込んでくる。

〝私たちにまで内緒にして何をしているの……かしら？　フフフ、いい度胸ね〟

〝祐人さん……また、一人で何かしようとしてます……ね？　フフフ〟

「はう！」

祐人は無意識に体を仰け反らした。

二人の視線に晒された自分の体が小刻みに震えだして止まらない。

「堂杜君？　どうしたの？」

「ハッ！　はい！　実は僕の友人が調べてくれたんです！　燕止水は人質を取られていると！」

「は？　燕……止水？　人質？」

数秒、時がたつと……日紗枝の横にいる志摩が顔を強張らせ体を前のめりにする。

「止水!?　【死鳥】の止水ですか!?　まさか！」

「あ……」

こうして……事態は動きだした。

◆

「大峰様、よろしかったんですか？　堂杜君たちに任せて。死鳥と呼ばれた止水は古傷を負っていて以前のような力は出せていないと言ってはいましたが、相手はあの死鳥です。それに堂杜君の情報はどこからのものか、少々その信頼性が分かりません。友人とは、いかなる人物なのかも……」

志摩は車の中で日紗枝にその真意を探った。

今、すでに日紗枝と志摩は機関の研究所を後にしている。先ほどの祐人からの提案は最終的な決断として初手は任せる、という形で日紗枝は承諾したのだ。

そして、日紗枝はその祐人の言う情報の出所についても深く詮索せずにいた。

「いいのよ。どちらにせよ、全力で動く前には何らかの調査や探りは必要だったわ。それに……これは堂杜祐人という少年を知るのにいい機会になると思ったのよ。私はまだ懐疑的だけどバルトロさんからの仮説の検証にもね」

日紗枝はニッと笑い、志摩に視線を移した。

「それに死鳥の件だけど、もし本物なら堂杜君たちの言っていることの可能性は高いと思うわ。死鳥が姿を消す以前のような実力を持っているとしたら、それこそ明良君たちはほぼ間違いなく全滅よ。十年程前に当時のランクSだった黄家の当主を破った死鳥。それはその時の機関でも大慌てになったというのを聞いたことがあるわ」

「はい、私も資料で目を通しました。ランクSがどこにも所属しない能力者に倒されたと大問題になった事件だったと」

「それで八年前。若き日の【天衣無縫】王俊豪が死鳥を撃退したという情報を聞いた時にはとんでもない奴が中国支部に現れたとさらに驚いたものだわ。その時は死鳥を取り逃がしてしまったけど死鳥は深刻な重傷を負っていたとのことよ。そう考えれば古傷で、っていうのは分かる話だわ。偽者なら元々の実力、そういうところでしょう」

「なるほど、そういうことでしたか」

「それに確かに色々とありそうだわ。あの少年は」

「何か、感じたのですか？」

「勘よ、ただのね。それに何と言うのかしら……こう、彼の話には不思議な感覚を覚えるのよ。堂杜君の話は信用してもいいと思わせる何かがある。まるで以前から彼を知っているみたいな、既視感のようなものが、ね」

「それは……」

　志摩は日紗枝の言いように真剣な表情を作る。日紗枝がこのようなことを言うのは珍しいのだ。日紗枝はいい加減なところがあるのは否めないが、人を見るときは慎重で警戒心を忘れない人物でもあった。

機関の支部長という立場にまで上り詰めた日紗枝である。そういった人物観察眼は持っていても不思議ではないのだが、その日紗枝が理由もなく信用してもいいと言っているのだ。

それともう一つ、日紗枝は非常に勘が良い。これは能力者全般に言えることだが日紗枝のはその中でも群を抜いていると志摩は思っていた。

この鋭さだけでもで日本支部支部長の職責を十分にこなす資質を示している側面もあるとすら思ったほどだった。志摩はそれは精霊使い特有のものかもしれないと考えている。

というのも精霊の巫女といわれる朱音にも同じことが言えたからだった。

「それとね、面白い情報が二つ入ってきているわ。しかも意外なところから」

「それは何でしょうか」

「中国大使館の近くに二十人近い子供たちが連れてこられたそうよ。旅行者のように装っているようだけど保護者は間違いなく中国の工作員だそうよ」

「まさか、堂杜君の言っていた人質というのは！」

「まだ分からないわ。ただ調べる価値はありそうよね。このタイミングでそんなわけの分からない動きをしているのは妙だしね。それともう一つが特に意外なんだけど……」

「はい……」

「朱音さんからの情報で今回の襲撃者が使っているホテルが分かったわ。今もそこにいるみたいね」

「朱音様から⁉　何故、朱音様が……いえ、瑞穂様が動いていることを考えれば四天寺家がそれに助力してもおかしくはありませんが」

「そんな甘い人じゃないわよ、朱音さんは。いくら瑞穂ちゃんが一人娘とは言っても、それで四天寺家やその分家まで動かす人じゃないわ。だから意外だったのよ」

志摩は驚きつつも神妙な顔になる。

「これは……何でしょうか？　こちらが指示を出す前からどんどん事が大きくなってきている感じです。いえ、事態はもうかなり大きいものです。ですがそれを我々機関が対処をする前に周りが先に動き出している」

日紗枝はその志摩の言葉に小さく頷いた。

「そして、見ようによってはその中心にあの堂杜君がいる。朱音さんがこう言っていたわ。堂杜君によろしく、って。あの人が他人に対して、こんなに気にとめるのは珍しいことよ。機関の助言役でもある精霊の巫女が一人の少年にこんな対応……」

「そ、それは……」

「バルトロさんの話は置いておいても……私も興味が湧いてきたわ。あの堂杜祐人という少年に。志摩ちゃん、あの子のトレースはお願いするわ。フォローという形で動いてあげて。それで何か分かったら報告を頂戴ね」

「はい、承知いたしました」

そう言いながらも日紗枝の表情に曇りはない。

それは日紗枝の勘が言っているのかもしれない。

あの少年はこの事態……見える事態と見えない事態も含め、すべての現状を好転させていく存在であるということを。

瑞穂は祐人を見下ろし、言葉を発した。

「何か言いたいことは？」

「……ありません」

今、祐人は日紗枝たちが去った応接室のソファーの上で……正座をしていた。

目の前には腕を組み仁王立ちしている瑞穂とこの状況下で笑顔を絶やさないマリオンが立っている。そしてその後ろでは明良が苦笑いをしてコーヒーを啜っていた。

「本当にあなたは馬鹿なの⁉　私たちがあなたに気を遣って色々と内緒にしようと努力し

てたのに自分からペラペラと！」

「いや、最後のは二人のプレッシャーが怖（こわ）くて……」

「祐人さん？」

「あう！」

マリオンが笑顔のまま中腰（ちゅうごし）で祐人に顔を近づけた。

そのブルーの瞳（ひとみ）には光が灯（とも）ってなかったりする。

「祐人さんの悪いところが今回ではっきりしました」

「え？」

祐人は顔を上げて瑞穂とマリオンを見つめた。

「祐人さんは何でも一人で済ませようとするところがあるんです」

「その通りよ！　本当に頭に来るのよ、そういうところが！」

「祐人さんは周りに気を配りすぎなんです。少しでも周りに迷惑（めいわく）がかかると思ったり、心配させる可能性を感じたりするとすぐに自分で隠密裏（おんみつり）に片付けようとするんです」

「あ、で、でも今回は……ほひょ！」

瑞穂とマリオンの冷たい視線に背中だけが飛び上がって逃げてしまいそうになる祐人。

「祐人！　あなたのそういうところは直すべきよ。ましてや今回はここにいる全員が当事者と言っていいのよ。あなたのことだから言えないこともあるんでしょうけど、今回のような回りくどい方法はもう止めなさい！」

「これは瑞穂さんの言う通りです。それに私と瑞穂さんは祐人さんが思うほどやわじゃないです。祐人さんから私がどう見えているか何となく分かりましたが、それでも私たちはランクAの能力者なんです。自分の身ぐらい自分で守るつもりでいます！」

「……！」

祐人は瑞穂とマリオンが結構、本気で怒っていることが分かり顔を青くした。

正確に言えば……二人のこの感情の本質に怒りはない。

瑞穂やマリオンにも思うところがあるのだ。

すべては分からないが祐人の置かれている状況は特殊なのだろうということは分かっている。だから自分たちに相談がないところが問題ではない。

瑞穂とマリオンが最も反応しているところは、祐人は危険を前にすると自分たちと一線を引く、ということだ。

結果として一人で突っ走る。これがどうにも納得できない。

今まではいい。色々と祐人にも事情はあった。

そして、今すぐにすべてを晒せとも思わない。だが、そうではないのだ。

言葉にはできない。実際、二人の少女も今の感覚を確固たる言葉にできていない。

ただ瑞穂とマリオンは思うのだ。

祐人が危険だと思った時にこそ自分をそばに置いてほしい、と。

瑞穂とマリオンはそういった衝動に駆られているだけなのだが、これが表に出てくると説教という、いつもの形になってしまう。

「うん、ごめん。これからはできる限り何でも話すようにするよ」

「そこじゃない！」

「違います！」

「ヒ！　ひゃあ、ほういうひみでふふぁ？」

祐人は瑞穂とマリオンに両頬を片方ずつ摘まれ涙目になる。

「まあまあ、瑞穂様、マリオンさん、堂杜君も反省しているようですし、その辺で許してあげたらどうですか」

「明良、まだ足りないわ！　こいつはこうでもしないと分からないのよ！」

まあまあと明良は祐人をかばうと真剣な顔になり、顔が横に広がっている祐人に話しかけた。

「堂杜君、さっきの情報だけど詳しく教えてもらえないかな。作戦を立てるにしても状況を把握したい。特に当面の問題の止水の人質の件について」

「え？　明良さんも……？」

「何を言っているんですか。当然、私も手伝うつもりだよ」

祐人は伸びた頬を摩り……暫くして頷いた。

「はい、まずこの情報ですが……」

祐人から語られるその内容に明良は驚きを隠せず、目を丸くする。

「け、契約人外までいるんですか……堂杜君は⁉」

呆然とする明良に瑞穂は大きくため息をしながらアドバイスをする。

「祐人と話すときは一旦、常識を捨てたほうがいいわよ、明良」

ガストンの名前は当然出さなかったが自分には調査、潜入の得意な仲間がおり、その者の調査した内容であると前置きし祐人は止水の背景を説明しだした。

◆

祐人たちは明良の運転で聖清女学院の門の前で降りた。

「瑞穂様、それではここでお待ちしています」

明良を残して祐人たちは教室に向かう。

大遅刻だが何とか午後の最後の授業が終わる前に到着することが出来た。

「祐人、あなたは屋上に行ってなさい。その怪我を見たら大騒ぎになるから。私たちは授業が終わり次第、みんなを連れて合流するわ。あなたのことは先生に私たちからうまく伝えておくから」

「そうだね……分かったそうする」

超お嬢様しかいないこの学校で全身に包帯を巻いた男子高生が現れれば確かに大騒ぎになる可能性が高い。今後のことも考え、祐人も承諾をした。

瑞穂たちと別れると祐人はその足で校舎屋上に向かい、瑞穂や一悟たちが来るのを待った。祐人は移動中にガストンにメールを送っており、止水の人質と思われる子供たちの場所はすでに承知している。

それにしても、と祐人は考える

（このカリオストロのやり方は国に所属している能力者としては常軌を逸している。まるでマリオンを捕らえることさえできれば、その後のことなどはどうでもいいと考えているかのような動きだ）

それに加え、人質といい、呪詛といい、やり方が祐人の怒りを込み上げさせる。

ガストンからの話や機関の持っていた情報でカリオストロの狙いを想像すると堂杜家としても看過できないものが含まれていた。

この男は魔界の存在を知っている可能性が僅かながらでもあるのだ。

二百年以上前の行動も魔界とこの世界を繋げようとした節がある。

一体、何を考えているのか分からないが、普通に考えてマリオン一人生贄にしたとしても魔界とのゲートを開くなどできるわけがない。

それはどんなに優れた能力者でも一個人で為せるものではないのだ。

このようなことを思いつくこと自体、常人ではないとも思ってしまう。

だが、祐人は一つだけ気になることがあった。

スルトの剣のロキアルムがそうであったようにこの男も妖魔の血肉を取り込んで寿命を延ばしている可能性がある。

どうやら日紗枝の話を聞いているとこちらの世界では分かっていない術であるらしい。

魔界では数度見たことのあるその術がこちらでは知られていないのだ。

ではどうしてこの連中がその術を施しているのか？

このことについて祐人はロキアルムやカリオストロの裏側に共通した何かがあるのではないかと憶測してしまう。

（さすがにそれは飛躍しすぎか……）

それと人外との共存を謳ったというが、それがどういうものなのか分からない。

この点もまともな人間がするはずのない戯言のように感じてしまうところであった。

このカリオストロが魔界の存在を理解していなくとも、または仮に理解していたとしても魔界にいる人外との共存などということを考えるのは正気の沙汰ではない。

祐人の魔界での経験から言うとその共存というのは議論する以前の問題と言えるほど現実的ではないのだ。

魔界と呼ばれる異世界には人知を超える力を持った魔神たちが多数存在していた。

魔神たちは個々に存在し互いに協力することはなく、どちらかと言えば互いを煩わしいとすら思っている場合が多かったが干渉もしない。

だが、このそれぞれに独立した存在の魔神にも一つだけ共通点があった。

それは——人間に対する蔑みと見下し、そして底の見えない悪意である。

それが魔の者たちの正体である。

この連中の本質は不善にして邪悪。

魔來窟を通り、そこにある異世界を堂杜家が〝魔界〟と呼ぶのもこの魔の者たちが跳梁跋扈する世界であったからだ。

生きとし生けるものの不幸を喜び、その命を弄び、地獄のような世界を作り出すことを目的とした悪魔どもである。

堂杜家がこの連中が決してこちら側の世界に来ぬように世界の防波堤の役目を担ったのはそのためだ。それが最大の現世の大穴、魔來窟を守る理由である。

確かに魔界には様々な人外がいた。

その中には魔神級の力を持ち、例外的に人間に好意的な者もいれば無関心な者もいる。

しかし魔界において最も大きな勢力を持ち、決して人間の生存を許さない人外が魔神を筆頭とする魔族なのだ。

もし、カリオストロが魔界にいる魔の者と通じていたとすると共存などあり得るわけがない。あるのは従属と隷従……その先にあるのはこの魔の者たちによって仕組まれた人間の負の感情の増幅だ。

そして、最終的にはこの悪魔たちの餌になるだけである。

祐人はこの現実を魔界において骨身に沁みて理解した。

それは戦友と最愛の女性であったリーゼロッテの犠牲という取り返しのつかない経験に

よって。

（このカリオストロという男……それを知っているのか、いないのか。いや知っていれば共存などという考えは浮かばないはずだ。だけどもし、すでにあった憎悪を利用されたのだとすれば……）

祐人の脳裏に魔界を訪れた時のことが鮮明に思い出される。

祐人が魔界に父である遼一を捜しに訪れたとき、魔界にあった四つの人間国家の一角が魔の者たちに滅ぼされた直後であった。

この国は立地的に魔の者たちとの最前線ともいえる国であったのだ。

魔界にあった人間たちによる四王国は魔の者の侵攻があった時、必ず最前線となるこの国に他の三王国が援軍を送るのが常であった。四王家は人間の生存をかけて互いに力を合わせ、この魔の者たちを全力で食い止めてきた。

では、何故、この国が滅びるような事態を招いたのか？

約千年前、魔界において魔の者による人間国家に対する大規模な侵攻があった。

そして、それを辛くも凌いだ人族連合はその後、比較的平和な時代を迎えることになる。

その間も魔族との小中規模な戦いはあったものの、互いに力を合わせて生き抜いてきた。

これによって人間国家は平和な時代に突入し繁栄を享受し豊かになっていった。

だが事態は急変する。

祐人が訪れる数年前に前触れもなく起きた千年ぶりの魔の者の大侵攻。

ところがこの時、事実上援軍を送ったのは遼一が身を寄せていた一ヵ国のみだった。

何故そのようなことになったのか？

それは前大戦においても戦いに参加せず、今の今まで人間国家へ興味を示さなかったと思われていた魔神が突如参戦してきたことに起因する。

（あれは突如の参戦ではなかった。あいつは千年もの間考えていたんだ。どうすれば人族たちを滅ぼせるか。用意周到に人間たちの心に疑心と不信、傲慢と絶望の種をまいてきた）

この新たに参加してきた魔神は長い年月をかけて人間社会に溶け込み、暗躍し、ついにはこの四王国の足並みを切り崩したのだ。

このような可能性は人間側も警戒はしていた。

だが平和という安穏とした時代は魔の者という共通で最大の敵がいるにもかかわらず、人間同士の利権争いや主導権争いを生み、さらには互いに憎み合う結果を招いた。

これを裏から糸を引いていたのが、のちの祐人の宿敵になる災厄の魔人である。

祐人の記憶の中にある忌まわしい情景が蘇る。

滅ぼされたその国の直後の惨状は説明するに堪えないものだった。

善良な者は死に絶え、僅かに生き残った力のない人間たちは逃げることも出来ず、互いを疑い、憎しみ、保身のためには魔の者に仲間を売り、そして自身も同じ運命を辿る。

そこには希望も夢も人間らしい心も何も存在してはいなかった。

(だけど……リーゼだけは違った。彼女だけが希望と愛に満ちていた)

祐人はそのような絶望的な状況を知らずに魔界に赴き、人間と亜人族たちの力を結集しようと尽力していたリーゼロッテたちに出会ったのだ。

その後、祐人は魔界のために、世界のために、そして……リーゼロッテのために死力を尽くして戦った。

結果、大侵攻をしてきた魔神の王を打ち倒し、暗躍していた災厄の魔神をも滅ぼした。

リーゼロッテとその戦友という犠牲を払いながら……。

(問題はカリオストロの言う共存とは自身の考えか、それとも何者かに吹き込まれたか、だ。そして、何故、マリオンさんなのか……)

祐人は力のこもった目で聖清女学院の校舎屋上から広がる街並みを眺めた。

これから祐人たちが向かう方向のはるか延長線上にカリオストロがいる。

闇夜之豹を壊滅させられればカリオストロは否が応でも失脚するのは確実だ。そうなれば孤立した錬金術師と呪術師に何の力もない。もしくは中国に粛清されることだってあるだろう。

祐人は今向き合わなければならないことに意識を向けた。

(まず人質のところに行く。そこで止水について何か分かるはずだ。もし止水の戦っている理由がそれなら機関に言って人質を保護してもらえば闇夜之豹から止水を取り除けるはずだ。後はこの気分の悪い呪詛の大元を断つ)

今、この時も瑞穂の友人である法月秋子という少女は苦しんでいるはずだ。髪の毛も抜け落ち、年頃の少女としては耐えられないほどの苦痛を受けている。

祐人は左肩以外の包帯を外し、床に落としていくと目を閉じてその場に胡坐をかき呼吸を整えた。祐人の臍下丹田から仙氣が吹き上がり、その氣はやがて祐人の体を循環していく。氣が全身を循環する都度、祐人の細胞は活性化していき人間が本来持っている治癒力を高めていった。

祐人は精神を集中しながらも止水との戦闘を思い出している。

(あの時の止水の笑み……)

祐人はあの止水との激戦のさなかに敵である止水が見せた笑みが忘れられなかった。

機関を動かすことに成功したことをほくそ笑んだのか、または自分という強敵と巡り合えたことを戦士として喜んだのか分からない。

（それもあったかもしれない。でも、それだけではない何かが……）

祐人はこの感覚を魔界でも経験している。

強敵と出会い互いに死力を尽くしたときにのみ出てくる不可思議な感覚。

敵でありながらも命のやりとりをし合った仲に時折生じる相互理解のようなものがあるのだ。

（あいつは何かを狙っている。この僕を使って……それが何故か引っかかる）

祐人は再び目を開けて屋上から広がる青空を睨んだ。

しばらくすると祐人がいる屋上の出入り口の扉が開き、背後から怒気を含んだ幼馴染の声が聞こえてきた。

「いた！　祐人、何で今日、学校に来なかったのよ！」

祐人の体が条件反射のように飛び上がる。

振り向くとここまで走ってきたのか息を切らしながら扉の所に立っている茉莉がいた。

茉莉は瑞穂たちから祐人が屋上にいると聞いた途端に説明もろくに聞かずにこの場所に

来たのだ。

「あ、茉莉ちゃん！　これには事情があって……」

「そうよ、ちゃんと説明……うん？　え⁉　祐人、どうしたの、その傷は⁉」

祐人の左肩に巻かれている包帯を見ると茉莉は血相変えて祐人のところに走り寄る。

怒りが消えて心配の表情の茉莉は祐人の負った傷を深刻そうに見つめ、祐人の両頬を両手で挟んで至近で顔色を確認してくる。

茉莉の大きな瞳が間近にあり、祐人は一瞬、顔を赤くしてしまう。

「顔が赤いわ！　熱もあるみたい！　多分、傷によるものね。ああ、早く病院に行かなきゃ」

茉莉の目に見えて狼狽える姿は非常に珍しい。

「あわわ、茉莉ちゃん、落ち着いて。大丈夫、もう治療は済んでるから！」

「ああ！　白澤さん！　何やってるんですか⁉」

そこにニイナも現れ、茉莉が祐人の顔を挟んでいるのを発見すると茉莉を祐人から引きはがそうとする。するとニイナも祐人の怪我に気づいた。

「堂杜さん、どうしたんですか⁉」

「あ、ニイナさん、この怪我は問題ないですから……」

「あ、もしもし、アローカウネ。ちょっと緊急の用件なのだけどヒュール家に伝わる傷薬と滋養強壮の薬を……」

「どこに電話してんの⁉　ニイナさん、ストップ、ストップ‼」

「どこって、学院の近くに私の執事のアローカウネというものが常駐しているから、家に伝わる秘伝の薬を……え？　何、突然……誰にって、友達によ」

（アローカウネさん⁉　駄目だ、ニイナさん！　呼んだらきっとややこしいよ！）

「え？　男の子だけど……うん、あれ？　切られた」

「ニイナさん！　その人、呼んじゃ駄目！　絶対！」

「え？　今すぐ行くって言って切られたわ。あれ？　堂杜さん、アローカウネを知っているの？」

（遅かったか！）

「あぁ……うん、何度か話したことがあっただけだけど」

「そう……アローカウネにも会っていたのね」

（堂杜さんはアローカウネにも会っている。アローカウネも知らないと言っていたのに。思っている以上に私と堂杜さんは関わりがあった……でも、私は堂杜さんを覚えていない）

　ニイナは祐人の言葉を聞きジッと祐人を見つめてしまう。

　しばくして瑞穂たちも姿を現した。

　その後ろには花蓮、一悟……そして、水戸静香の姿が見える。

「ちょっと、袴田君、何なの？　どうしたの？　それとこの綺麗な人たちは誰なの？」

「いいから、いいから、頼むから来てくれ。これから説明するから。これから起きるだろう苦難には全員で対処しないと無理なの、主に俺が」

「ちょっと、押さなくても行くから……何を涙ぐんでいるの⁉」

「とりあえず、全員集まったわね」

　瑞穂が声を上げると集まった面々がそれぞれの表情で瑞穂に顔を向けた。

　静香は茉莉を見つけて驚きつつもその横に並んだ。

「待って四天寺さん、その前に祐人の怪我を説明して！　何があったの⁉」

「それも全部説明するわ、白澤さん。それとこれからお願いしたいことも……」

　真剣な顔で迫るような表情をしていた茉莉も瑞穂のその言葉で話を聞く態度になった。

　ちなみにその横で一悟は「これからお願いしたいこと」と聞いてゲッソリしている。

「おい、祐人、お前、怪我したんか？」

「あ、うん。でもたいしたことはないから大丈夫だよ、一悟」

「ふーん、あ、そう」

「興味ないなら聞くなよ！」

「あ、水戸さんにも協力してもらうから。いいよな？　ああ見えて口は堅い奴だし」

「え？　だ、大丈夫かな？　話についてこれるかな？」

「あー、大丈夫じゃね？」

「一悟、お前……」

「二人、うるさい。じゃあ今から現状を説明するわ」

瑞穂がそう言うと、またしてもレジャーシートを持ってきたマリオンがその場で広げてそこに座るようにみんなを促した。

（マリオンさん、いつもレジャーシート持ってるよな。どこに持ってるんだろ？）

祐人は首を傾げながらシートに腰を下ろし、全員が輪になるように座る。

一人静香だけが、何が語られるのか分からない感じでいる。だが、その顔はワクワクしているような表情だ。

「それじゃあ、水戸さんもいるから最初から順を追っていくわ」

今、瑞穂から今回の経緯の説明が始まった。

話せることと、話せないこともあったが、そこは上手く瑞穂は省いて説明していく。

そして話が進むにつれて茉莉、一悟は真剣な表情になっていった。

静香だけは笑顔のまま時間が止まったような表情だ。

「これが今までの経緯よ」

一通り話を終えた瑞穂はそれぞれの表情をしている面々を見渡した。

「えっと……」

笑顔のまま固まっている静香が力なく声を上げる。

「これは何の話？　あ、何かの演劇サークルでも立ち上げるのかな？　それか同人漫画？」

静香の当然とも思える発言に一悟が根暗な笑顔を向けた。

「フフフ、この状況ではさすがに君の推理も役に立たないようだな、水戸君。いや、もう君はもうワトソン君に格下げだ」

「ワトソン⁉」

茉莉は顔を上げて瑞穂やマリオン、そして祐人を見つめる。

「状況は分かったわ。それは……とてもじゃないけど許せない連中ね。それで祐人の怪我はその死鳥っていう相手にやられたのね？」

「分かるの⁉　茉莉⁉」

「あ～、うるさいから、ワトソン」

「ワトソン言うな！　巨乳好きＢＬ！」

「なんと⁉」

祐人は茉莉の真剣で強張った顔を見て頷いた。

祐人は茉莉を見つめつつも、茉莉が今どういう心持ちでいるのかは分からなかった。茉莉にしてみれば非常識なことばかりなはずだ。祐人が能力者と分かったのも先日の話で、そして今は巨大裏組織間に起きた争いの話なのだ。

普通に考えて、はい、そうですか、という話ではないだろう。

「それでどうすんだ？　祐人たちは」

一悟は自分の頬をつねっている静香の頭を押さえながら聞いてくる。

「うん、それが今日みんなに来てもらった本題になるんだけど」

祐人は茉莉、一悟、静香、ニイナ、そして花蓮を順番に見つめた。

「これから僕はまず死鳥と呼ばれる敵の人質のところに行ってくる。そして、できればそのまま解放して機関の保護下に入れたいと思うんだ。その上で襲撃してきた連中と対峙したい。マリオンさんを狙ってきたこいつらはどうしても放置できないから」

「なるほどな……そうすればその死鳥って奴の戦う理由がなくなるってわけか。それで呪詛の方は？」

「今、僕の友人が呪詛の大元になる本拠地に向かってるから、そのうちに何かしらの情報が入ると思う」

「え⁉」

「祐人さん、それは？」

この祐人の話は瑞穂もマリオンも初耳だったので驚く。

「ああ、ごめん、言うの忘れてた。あ、隠すつもりはなかったよ！　上手くいくかは分からないけど呪詛の祭壇や祭器を見つけたら破壊するように伝えてあるから、今、僕らはマリオンさんを狙ってきた敵の方に集中するのがいいと思う。この呪詛も法月さんの容態を考えると時間をかけたくなかったんだよ」

「一体、あなたの友人っていう人外は何人いるのよ」

「でも、祐人さん……敵の本拠地ですよ。そんな簡単に潜入なんて」

「うん、とりあえず無理をしないようには伝えてあるけど、潜入、潜伏は得意らしいから今は朗報を待とうと思う」

と言いつつも一瞬、祐人の脳裏に鞍馬と筑波のハイテンションコンビが浮かんだ。

（だ、大丈夫かな？）

この時、ニイナは祐人の契約人外の話題が出ると目を細める。

（堂杜さんの言う友人……って、人外っていうのは人間じゃないということ）

実はニイナは前回に祐人の契約人外の話題が出たときに気になることがありミレマーに

連絡を入れていた。

それはスルトの剣という組織の能力者たちが起こしたミレマーの未曽有の危機のことだ。

その時にスルトの剣が召喚したと言われる妖魔の大群からミレマーの主要都市を守ったとされる存在のことが気になったのだ。

このことは報道では扱われていなかったがミレマー人なら誰しもが耳にしたものである。救われたミレマーの主要都市では現在でも自分の街を守護する守り神が現れたと語りあい、その各都市の住人たちに勇気と希望を与えるという大きな影響を与えている。

これにマットウの新政権発足が重なったこともあり、まだ迷信深いミレマーの国民は大きな動揺も見せずにマットウ現首相を受け入れるという幸運に恵まれた。

そして今、ニイナは何故だか、このことが気になって仕方がない。

それは失われたパズルのピースを追い求めているように。

（私は何かを探している。この衝動は何なのかしら……）

そのためにニイナは多忙な政権中枢に入ったマットウの右腕であるテインタンにも連絡を入れている。少々、地位乱用とも思ったがどうしても我慢が出来なかった。

そして……思ってしまうのだ。

（これは、きっと堂杜さんに関係している）

　だがニイナという少女は勘に頼るという性格ではなかった。

　ニイナは未知なものや理解できないことがあるとき、必ず周辺の知識を固めてから改めて挑むということをしてきた。これは既にニイナの思考や行動パターンともなっている。

　ニイナは小さい頃から英才教育を受けていた。その中には通常の教育に加えて政治学や経済学に哲学、そして法学があり、ニイナという少女は政治学と法学に特に興味を持った。

　軍閥の首領の娘という特殊な環境もあったのかもしれないが、幼い頃から少女らしからぬ関心の持ち方に父であるマットウも首を傾げたが本人の好きにさせた。

　するとニイナは飽くことを知らずに政治学と法学に傾倒していく。

　周囲に同世代の人間がほぼいなかったこともあるが、色恋などにも興味を示さず読む本も経済学や法学の実務書ばかりだった。

　こういったニイナの性情や経験が現在のニイナの思考のあり方を形成していったのかもしれない。

　そのニイナがこの自分の不思議で未知な感覚に対して起こした行動は、まず調査だった。

　自分を納得させる事実や事柄を積み重ねてその真実に迫ろうと考えているのだ。

（私は何を求めているのかしら。でも、この衝動の先にあるものに必ず辿り着いてみせる。絶対に……）

ニイナは黙って祐人に気づかれないようにその横顔を見つめるのだった。

「ちょっと、いいか？　堂杜」

「うん？　何？　蛇喰さん」

「言うことは分かった。だけどマリオンを襲撃してきた連中がそれまで待ってくれるとは限らない。今だって……」

祐人は花蓮の言うことに大きく頷いた。

「蛇喰さんの言う通りだよ。悠長に時間はかけられない。だからその人質のところには今から行く」

「え⁉」

ニイナを始め瑞穂やマリオンもこれには驚く。

茉莉はただ目に力を入れるように祐人を見つめた。

「今からですか⁉　さすがにそれは無茶です。堂杜さんのそれは軽傷には見えないです！」

「僕は問題ないよ。十分に動ける。それに蛇喰さんの言うことはその通りで死鳥の人質に会うタイミングは早い方がいい」

祐人はそう言うがニイナはその負傷した姿を見ていると心配に包まれる。

それはマリオンも同様だった。

「祐人さん、ここはニイナさんの言うことも分かります。せめて今日だけでも休んで明日にでも動けば……」

祐人はマリオンの提案に首を振る。

それを見てマリオンは口をつぐみ、瑞穂は開きかけた口を閉ざした。

「祐人」

そこで茉莉が口を開く。だが、その口調は冷静でいて静かなものだ。

「祐人、その傷を負った体で敵と遭遇したらどうするの？」

「戦う」

祐人は迷いなく答える。

「そう……。それでどうなの？　そうなって祐人は勝てるの？　その強敵に」

茉莉のその問いに祐人は茉莉を正視した。茉莉のその目には冷静さとは別の何かが含まれているように見える。だが祐人は真剣な表情で答えた。

「負けるつもりは……ないよ。まったく」

茉莉は祐人の目を見つめ返し、ほんの少しだけ頬を緩めると目を閉じた。

そしていつもの表情で目を開く。

「分かったわ。祐人のやりたいようにして。頑張るのよ、祐人」

祐人は茉莉の意外な言いように内心驚いた。元々この件に関しては誰に止められても行くつもりだった。とはいえ茉莉の言葉には少なからずホッとしている自分もいる。

そのせいか祐人は茉莉に対し笑みを見せて頷いた。

「分かった」

このやりとりを驚愕の表情で見つめているのは……一悟だった。

（あれ!?　いつもだったら有無を言わせず止めるか、安心できる説明を受けるまで祐人を追及し続ける白澤さんが？　何かキャラがおかしくね？）

その一悟の表情の変化を見て静香は何を考えているか理解したような顔をする。

一悟はその顔に気づき小声で静香に話しかけた。

「お、おい……白澤さんがおかしいぞ、何か変なもの食ったんか？」

「ふふん、分かってないなぁ～、袴田君は。私に言わせればあれがいつもの茉莉だよ」

「え!?　だって祐人専用理不尽、その他には猫かぶり少女だぜ？　あれじゃあ、なんというか、まるで演歌の……自分の気持ちを押さえつけてでも男の意思を尊重する……」

「ようやく気付いたようねぇ、袴田君。茉莉はね、ああ見えてその本質は……」

「「昭和の女！」」

「ちょっと聞こえてるわよ！　なんの話をしてるのよ、あんたたちは！」

「うわ、地獄耳だぜ、おい！」

「それも茉莉の標準装備よ」

茉莉が顔を真っ赤にして一悟たちを睨む。

「ちょっといい？　本題に戻るけどみんなをここに呼んだ頼みというのは……」

祐人がそう言うと途端に一悟の顔が真っ青になる。

「僕たちがいない間だけど代わりの者を置いていくからそのフォローをお願いしたいんだ」

「嫌ぁぁぁぁ！」

一悟がひっくり返り、その場から逃げだそうとするが祐人が一悟の腕をつかむ。

「僕たち……？」

瑞穂とマリオンが祐人に顔を向ける。

「うん、瑞穂さんもマリオンさんにも来てもらおうと思って」

「！」

祐人のこの言葉にみるみる瑞穂とマリオンの顔が喜色に染まっていく。

「分かりました！　祐人さん」

「ふふん、ついていってあげるわよ」

「よく分からない。お前の言うフォローする連中は？　堂杜」

「うん、今から紹介するよ、蛇喰さん」

一悟が必死にもがきながら脱出しようとするが祐人が羽交い締めにしてそれを許さない。

その横ではニイナは緊張した面持ちでいる。

「じゃあ、呼ぶね！　みんな！　来て！」

祐人がそう叫ぶと祐人たちの横に六人と一匹の姿が忽然と現れた。

「じゃーん！　また呼んだ？」

「御屋形様……参上しました」

「祐人だ！」

「……（コク）」

「祐人さんー、会えて嬉しいですー」

「親分、何ですかい？」

「ウガ！」

突然現れた賑やかな面々に瑞穂たちは驚いて硬直し一悟は血の涙を流した。

祐人を除く一同は全員固まっている。

涙を流している一悟を除いて。

そこに笑みを零し流し目で白たちを見ながら嬌子が前に出てきた。

「祐人、呼んだのはさっきの話のこと？　二人っきりでベッドの上にいる祐人と話した」

「えぇ⁉　何それ！」

「聞いてないですー」

「（コク）……その話、聞き捨てならない」

「ちょっと、嬌子さん⁉　表現がおかしいよ！」

「ふふん……だって事実でしょう？　ああ、二人きりの時間！　充実してたわ～」

嬌子の勝ち誇った表情に白たちの顔が強張り祐人に体を寄せて抗議してくる。

「祐人、何で私を呼ばなかったの⁉　嬌子だけなんてずるい！」

「（コクコク）……平等じゃない」

「私だって充実したいですー、ベッドの上で」

「わわわ、ちょっとみんな落ち着いて！　ただ用事があって嬌子さんを呼んだだけだから！

何にもないから！」

「そうよ～、祐人は用事があったの。わ・た・し、だけに……ポッ」

「もう止めて、嬌子さん！　言い方！　態度もおかしい！」

白たちに取り囲まれながら涙目で嬌子に手を伸ばす祐人。

——その時だった。

「ハッ！」

祐人の背後から気配だけで圧死してしまうのではないかというプレッシャーが来る。

祐人は顔色を変えた。

（殺気⁉　敵か⁉　いや、そんな生易しいものじゃない！　こんなにも禍々しい波動は⁉）

祐人は無意識に臨戦態勢を整える。今までの敵とは格が違うと思えるほどの怖気、圧迫、そして命を賭さなければ生き残れないという強敵と出会ったときと同じ緊迫感。

ここには大事な友人たちがいる。今の祐人にとって最も失いたくない人たちだ。

祐人は感じる。ここは危ない。

早く全員の退避を指示しなければと振り返り、友人たちに顔を向けると……、

「……」茉莉

「……」瑞穂

「……」マリオン

「……」ニイナ

四人の少女と目が合った。

「……魔王？」

祐人の額から一筋の汗。

四人の少女の様子がおかしい。
瞬きをしていない。瞳孔が開いている。
でも口が笑っている。
そして、こきざみに震えている。
「あの……僕の仲間の紹介を……」
と、祐人が言った途端……、
四人の少女の背後に四天王の映像が吹き上がった。
「はひょ⁉」
祐人の膝がピンッと伸びる。
(何を怒ってるの？　味方じゃないの？　この殺気、味方からなの？　魔王ごっこ？)
すると瑞穂が人差し指でチョイチョイと近くに来るように指示……命令してきた。
祐人は今、心からこの四人に近づきたくはない。歴戦の勘がそう伝えてくるのだ。
だが瑞穂の命令に逆らうことが出来ず、笑う膝でゆっくりと歩き瑞穂の前に立つ。
右手をマリオンが掴んだ。
左手をニイナが掴む。
そして、頭を茉莉が鷲掴みにした。

「祐人さん……」

マリオンの笑顔、でも目に光がない。

「詳しく、厳密に……」

目そのものが影で見えないニイナ。

「説明を！」

こんなに身長あったっけ？　という角度から見下ろす茉莉。

「してもらいましょうか」

闇オーラのスモークの中から光る眼を際立たせ、腕組みをしている瑞穂。

「イ……イエス、マム!!」

この祐人の姿をキョトンとした表情で見つめる白たちの横で面白そうにしている嬌子。

そして静香の小さな背中に隠れ、嬌子たちをガクガク震えながら見つめている一悟がいるのだった。

「フ～、情けない男たち……」

その花蓮のつぶやきは少年二人にまったくもって届くはずもなかったりする。

◆

「と、いうわけで嬌子さんたちに僕らに化けてアリバイ作り兼(けん)一悟たちの護衛をしてもらうから」

そう言うと嬌子たちはみんなに挨拶(あいさつ)をした。

「祐人の友人をやってる、嬌子よ。よろしく！　あ、一悟君じゃない！」

「あ、本当だ！　一悟、久しぶり！　また、遊ぼ！」

「一悟さんにはお世話になりましたー」

「一悟殿(どの)……また、ご迷惑(めいわく)をおかけします」

と、一悟に手を振ってくる嬌子たち。

「お、おう……」

一悟は顔を強張らせつつも軽く手をあげて返事をし、そして目を見開きながら嬌子たち……特に人外女性陣(じょせいじん)を見つめ返した。

（これが化ける前の姿？　す、すっげぇ美人。いや、騙(だま)されるな、一悟！　特にあの嬌子さんだけは！　でもすっげえ美人だよ、サリーさんも。しかも白さんとスーザンさんは可愛(かわい)い）

その一悟の横ではまだ信じられない、といった反応の静香。

また花蓮も自身が契約者であることからか緊張した面持ちでそれぞれを見定めるような目で嬌子たちを見つめていた。

花蓮にしてみればこんなにもコミュニケーション能力の高い人外が、しかも複数、一人の能力者と契約していることが驚愕だった。さらに言えばあまりに自然体で擬人化しているのが信じられない。変化ではなく擬人化なのだ。

これらは教科書的に言える高位の人外の特徴なのである。

しかも、それらにまったく違和感がなくこれでは普通の人間と変わりがない。

霊圧はそこまで感じないが、もしそれすらもコントロールしているとなると、もはやどのような高い階位に位置する人外なのか見当もつかなかった。

そして、他の四人の少女はというと……、

嬌子たちを見ては祐人を見る、という作業を繰り返し、だんまりしている。

（みょ、妙な雰囲気だよね、みんな。でも、いきなりだもんね、そりゃ驚くよね）

ちなみに先ほど祐人を取り囲んだ四人の少女は、やれ「こんなの聞いていないわ！」や「契約人外に変なことしてないでしょうね⁉」「彼女たちの姿は祐人さんの趣味なんですか⁉」、「不潔です！」等々と酷い言いようだった。

どうやら祐人なりに彼女たちの言うことを要約すると『女性の契約人外とのただれた関

係』を疑い、さらにはこの真面目で潔癖な少女たちは祐人が欲望にまみれた生活をしていたのではないか、と想像したものらしい。

特に現れたときの嬬子の発言が良くなかった。

その後、誤解が解けると、それぞれに決して嬬子たちに『いかがわしいこと』をしないようにときつく言い渡された。

祐人は当然そんなことを考えたこともないが、人外の中には性に奔放だったり契約の仕方如何では主人の言うことに逆らえないものもいる。

それでこれだけの容姿を持つ女性型の人外が現れたことで潔癖な彼女たちの中で祐人に対する疑いのようなものが出てきたらしい。

(僕って普段からどんな風に見られてんの？ というか、そんなことを考える茉莉ちゃんとか瑞穂さんたちの方が、よっぽどムッツリなんじゃ……)

「「「「今……何を考えた？（ました？）」」」」

「ヒッ!! 何にも！ 何も考えてませんです！ はい！」

四人の少女からレーザーが出そうな目線を受けて祐人が仰け反る。

祐人は息を整えると、とにかく話を進めようと考えた。

「じゃ、じゃあ僕と瑞穂さんとマリオンさんに成り代わってもらうのに、誰が誰に化けてもらおうかな……と」

そう言いながら祐人が嬌子たちに目を向ける。

「はいはーい！　私がやる！」

「（コク）……やれる」

「私も乗り気ですー」

「御屋形様の言いつけであればこの身命を賭して完遂（かんすい）します」

「やりまっせ！」

「ウガ！」

「え～、私もやりたいわ～」

みんなこの上なくやる気である。

「うーん、だれでもいいんだけど……どうしようかな？」

正直、こればかりは祐人も誰が良いという意見はないので色々と経験している人間に聞くのがいいかと考えた。

「一悟はどう思う？」

「え!?　お、俺に聞くか？　俺は……俺は出来れば、全員、無理……」

「え――!!　一悟、酷（ひど）い！」

「……（コクコク）」

白たちが一悟の発言に納得ができない、といった感じで迫ってくる。

「あ！　ちちち違うよ。全員に無理はしてほしくないなぁ〜、っていうことだよ！」

慌てて言い直し、白たちを納得させると一悟は顎に拳を添えて真面目に考えた。

（いや、ここは真剣に考えるべきだな。ここでの選択ミスは命取りにもなる。主に俺の）

一悟はオーディションの審査員のような気持ちで嬌子たちを順番に眺めていく。

「四天寺さんとマリオンさんのも決めないと駄目なんだよな、祐人」

「うん、そうだよ」

一悟は自分の苦労も知らずに普段通りにのほほんとした顔で応答した祐人に殺意が湧いたが、それは後回しだ。

一悟は嬌子を見る。その視線に気づいた嬌子がウインクをしてきた。

（エ、エロいなぁ……いや！　嬌子さんは論外。最大の問題児だ。祐人の姿なのにもかかわらず男女構わずに引き付けるフェロモンはもう凶悪そのもの。ここは避けるべきだ、この超お嬢様学校がどうにかなっちまうわ）

次にサリーを見つめる。サリーは「うん？」と首を傾げて長い髪を斜めに垂らした。

（き、綺麗だなぁ……いや！　サリーさんも危険だ！　あのおっとりした空気が癒やしを

欲している男連中を惹きつけた。しかも教師まで。その天然ぶりは女の子たちにも人気を博した。それにあれで食いしん坊だからな。前も職員室のお菓子を全部食って……その中にあったウィスキーボンボンで酔っ払い……うん、アウト！）

次に傲光を見る。

（傲光さん、一番マシのように思えるが……イケメンすぎんぞ！　イケメンオーラも半端ないわ！　うん、無理。恋愛に夢見がちなお嬢様がたのタガが外れてしまう！）

次に白を見る。白はワクワクするように目を輝かせていた。

（か、可愛い、この庇護欲をそそる……いや！　白さんも大変だった。好奇心が旺盛すぎてついていくのが精一杯だった。可愛らしい仕草だけで男どもを狂わし、しかもやたら胸の大きい女子生徒を見ると積極的に絡んでいって「どうやって大きくするの？」と祐人の姿で無邪気に聞きまくっていた。そのフォローで俺の悪夢が始まって……クッ！　却下！）

次にスーザンを見る。スーザンは無表情に一悟をジーッと見つめた。

（おいおい、ビスクドールのような顔だな。こりゃあ、将来はすげぇ美人に……いや！　スーザンさんもとんでもなかった。表情を変えずにちょこんといる姿が、祐人の姿にかかわらず貢物を持ってくる男どもが絶えなかった。さらにはスーザンさんの魅力に狂った女子生徒たちに拉致されそうになって、それを助けた俺は……俺は！　ノー、スーザン！）

次に玄を見つめる。玄は何を思ったか落書きのような桜吹雪が描かれた背中を見せてのポーズを取っていた。

（濃ゆい顔してんなぁ、この人。うーん、玄さんはいい人なんだけど水泳部がプールの点検で泳げないのを嘆いていたら井戸作っちゃったもんなぁ。やっぱり駄目だ！　学校をからくり屋敷にみたいに改造して男子トイレと女子更衣室を繋げたせいでえらいことになった。水を流そうとしたら女子更衣室って、全員、逮捕ものだったからな！　この人の忍者ラブはこの学院にも多大な影響を与える……うん、撤退！）

次にウガロンを見つめた。

（うん、犬は無理！　というか何？　この犬）

「ウガ!!」

（一通り審査した結果は全員落選！　って言いたいが、そういうわけにもいかねーんだよなぁ。あああ、俺にどうしろと!?）

「どう？　一悟」

「あん!?」

「なんで怒ってんの!?　その人殺しのような目はなんなの!?」

（この野郎……人の気も知らねーで。見てろよ、草むしり族。必ず……必ず！　同じ目に遭わせてやる！）

「なんで笑ってるの⁉　その暗殺者が殺し方を決めたような笑いはなんなの⁉」

そこに嬌子が待ちきれない、といった様子で前に出てきた。

「もう、早くしてよ～。じゃあ、とりあえず変化の練習しとくからその間に決めておいてね！　決まらなきゃ、こっちでジャンケンで決めるから」

「練習？　嬌子さん」

「う～ん、祐人はいつも見ているから何の問題もないんだけど、その子たちは初めてだからね～。ちょっとこちらに来てくれない？」

そう言うと嬌子は瑞穂とマリオンを手招きする。

「え？　私？」

「私もですか？」

瑞穂とマリオンは顔を見合わせて少々、警戒する子猫のように嬌子の前までやってきた。

すると二人は間近で見て同じ女でありながらも嬌子の色気の猛威を知る。

その顔、表情、そしてそのスタイル（主に胸を見た瑞穂）……大人の女の持つ色気の権化といっていい嬌子の横顔。

何故か瑞穂とマリオンはキッと祐人を睨み、祐人が驚愕の顔で後ろにさがる。

(何故に睨むの⁉　うん？　……ハッ、後ろからも⁉)

祐人は背後から茉莉とニイナが生み出す暗黒闘気に触れて慌てて振り返る。

すると涙目で胸を押さえる茉莉とニイナと目が合い、大量の汗が噴き出す。

嬌子はというと瑞穂とマリオンを至近で舐めまわすように確認しながら二人の周囲を回る。その距離が近く、瑞穂とマリオンは居心地が悪そうにモジモジとしていた。

「うーん、分かったわ！　じゃあ、とりあえず変化してみるわね。皆もこちらに来ておかしなところがないか見ててね。もし修正点があったら直すから」

嬌子が確認をお願いしてきたので茉莉たちも近づいてくる。

「じゃあ、まず金髪のあなたから！」

「ひえ⁉　私からですか？」

マリオンが嬌子に指名されて驚く。直後、嬌子の周りからボンッ！　と煙が発生する。

しばらくすると……徐々にその姿が現れてきた。

「はーい！　どうかしら？　服装は私なりにアレンジしたわよーん」

「「「「え！」」」」

マリオンの姿に変化した嬌子に全員が目を剥いてしまう。

というのも今、目の前に現れたもう一人のマリオンは制服を着崩し、胸元を大きく開けて、やたらと短くなったスカートで……セクシーポーズをとっていた。

「「ブ――――!!」」

噴き出した祐人と一悟が鼻を押さえる。

「キ……キャ――!! 見ないでください! みんな見ないでぇぇぇ!!」

マリオンが顔を真っ赤にしてみんなの視界から嬌子を守ろうと慌てふためく。

「ふふん、この方がいいでしょう? あなた、中々いいもの持ってるんだから隠したら駄目よー。じゃあ、次は黒髪のあなた! サリー、ちょっと来て～」

「はいですー」

指名された瑞穂は顔を青ざめさせてハッとする。

「わ、私はいいから!! あっ!」

その瑞穂の言葉は届かずサリーが煙に包まれる。

そして……段々と煙の中から少女のシルエットが見えてきた。

「あなたは顔はいいけど色気がないから、ちょっと補正しておいたわよん、もう夏だし」

「ほ、補正!? 夏? 夏って……!?」

瑞穂の愕然とした声の後に間の抜けた声が聞こえてくる。

「どうですかぁー、皆さーん?」

「いっ！　いっ!!」

瑞穂が息をすることに失敗したように口が大きく開いた。

「ブフォォォ――――!!」

血走った眼をしている祐人と一悟の鼻から盛大に赤い液体が噴出。

サリー扮する瑞穂の姿は……何故か水着。ブルーの大胆なビキニ姿だった。

長い脚、雪のように白い肌、だが驚くべきは……その補正された胸。

顔は瑞穂のものなのだがサリーが化けているために柔和で優し気な表情で、その補正の入った豊満な胸を両腕で支える。

（エ、エロ――――い!!）

「嫌ぁぁぁ!!　あなたたち目を閉じなさい！　閉じなさい！　祐人、閉じろぉ!!」

「ブハァ！」

瑞穂の顔が茹でダコのようになり祐人の目に掌打を当ててしまう。

鼻を押さえた一悟は血走った目でフラフラとよろめくも……クワッと体に活を入れて姿勢を正した。

そして――天空を指さすと徐々にそれを下ろしマリオンと瑞穂に化けた嬌子とサリーを指し示す。

「採用ぉぉぉぉ！！！！」

花蓮はこの様子を驚きの表情で見つめていると自分の契約人外がコンタクトを取りたがっているのに気付いた。

「あれ？　ニョロ吉？　あなたも紹介してほしいの？」

花蓮が頷くとニョロ吉がスウっと花蓮の背中から顔を見せる。

ニョロ吉が姿を現すと嬌子たちがすぐに気づき驚いた様子で寄ってきた。

「あら～ん？　懐かしいのがいるわね。これ、あいつの分体じゃない」

「そうですねー」

「本当だ！　体を分けて契約なんてするなんて面白いね！」

「なな！」

嬌子と白の言葉に花蓮は愕然とする。

「あの蛇神も変わってやしたから」

「うむ……人と契約するような御仁には見えなかったが」

「それは私たちも人のこと言えないでしょ、傲光」

「フッ……そうでした」

ニョロ吉を一目見て蛇喰一族の契約人外の秘密を見抜いたような祐人の契約人外たちの会話に底知れないものを感じた花蓮は体を硬直させた。

ちなみに、その後ろには倒れた祐人と「採用！　採用！」と連呼している一悟を押さえつけている涙目の瑞穂とマリオンがいる。

そして、その横には自分の胸の膨らみを思い詰めるような顔で見つめる……茉莉とニイナがいるのだった。

静香は相変わらず、まだ笑顔のままで固まっていたりする。

こうして、後のことは一悟たちに任せて祐人たちは明良の運転する車で出立した。

その行く先は死鳥と呼ばれるS級の能力者、燕止水の人質のいるマンションである。

間章　死鳥の覚悟

「これで全員か？」

「はい、それと新たに本国から派遣されてくる闇夜之豹六名とロレンツァ様が今夜には合流できそうです」

マリオンの拉致を命じられた闇夜之豹たちが潜伏しているホテルの一室で百眼は表情なく資料に目を通す。

返答する部下も百眼の薄暗い眼光に寒気を感じていた。

百眼は今朝の襲撃失敗の後から人が変わったようになってしまっている。

目には狂気が混じった鋭さがあり、かさついた唇で工作員に状況を確認していた。

「次は……次こそは必ず、金髪の小娘を！」

独り言のように言葉を発する百眼を窓際で治療を受けている止水は見つめた。

（もはや冷静さも消え失せたか。心まで操り、恐怖で従わせる……か）

止水は自身の左肩に目を移す。

祐人の倚白に貫かれてはいるが次の戦闘に問題はない。あの時、祐人が自分に向けてきた殺気は凄まじく、今思い出しても死鳥と呼ばれた自分ですら武者震いが起きた。

(あの少年、堂杜祐人と言ったか。見事な男だった。師はどこの道士……いや、仙人か。それに相当な場数も踏んでいるな。一体、何者なのか)

止水は祐人との戦闘でその実力から垣間見える実践経験値の豊富さを感じ取っていた。怒りを誘い、祐人の本気を引き出すことに成功した止水はすぐに祐人の才能だけでは埋めることのできない死線を幾度もくぐった戦士特有の凄みを感じたのだ。

(だが、そんなことはもういい。あの少年が何者でも構わん)

止水は今、喜んでいる。このタイミングでこれほどの男が自分の目の前に現れてくれた奇跡に止水は生まれて初めて天に感謝したい気持ちだった。

瀕死の重傷を王俊豪に負わされたあの夜……燕思思に拾われたあの夜から止水の人としての人生は始まった。

僅か数年という短い間ではあったが人として当たり前の心と感性、そして生き方を思思に教わり、それがあったからこそ思思の残した実の息子である志平と社会に捨てられたといっていい子供たちを見守っていくと決心させた。

しかし——思思が亡くなってたった一年で止水のこの決心を阻む者たちが現れる。

それが伯爵なる人物が率いる中国の能力者部隊、闇夜之豹だった。

話としては簡単な話だ。

かつて【死鳥】という二つ名で恐れられていた行方不明の止水の居所を調べあげた闇夜之豹がコンタクト、つまりスカウトをしにきたということだ。

(闇に身を置く連中は皆、同じ匂いがする。こいつらは特にその匂いが濃いな)

これが初めて闇夜之豹と接触した時の止水の感想だった。

蛇の道は蛇……かつて社会の闇にその身を置いていた止水にはすぐにこの連中の本質を見抜いた。

闇夜之豹のスカウトとしてきた百眼たちは丁寧な口調の端々に志平や身寄りのない子供たちへの気遣いの言葉や子供たちの将来に便宜を図るといったことを伝えてきた。

これは裏社会で言う脅しであることを当然、止水は理解している。

百眼は優しく、気づかわしげに、心配そうな顔で、こう言っているのだ。

〝もし断ればガキどもを殺す……〟

また止水は今現在の自分の実力や置かれた状況を理解していた。

たとえここで百眼を殺し、その後に来るであろう追っ手と戦ったとしても強大な人員を抱える組織から子供たちを守ることなど出来ないということを。

であれば……と、止水はその場で逆に闇夜之豹に提案を持ちかけた。

内容は闇夜之豹には所属しないが協力は報酬次第で惜しまないということ。

そして止水は欲深く、意地汚く、無遠慮に考えられる限りの協力の条件を突きつけた。

さらには、もしこの条件を呑まずにちょっかいを出してくるのなら伯爵なる人物の首をこちらからとりに行くと匂わせる。

笑顔を崩さない百眼と無表情の止水の間に一瞬の張り詰めた空気が漂う。

止水は脅し合いに持っていくことで子供たちを殺したところで闇夜之豹に元が取れない案件に思わせ、そして敢えて欲深く見せることで自分が子供たちに関心がなく人質としての役割は薄いことを知らしめようとした。

それは社会の闇の中を彷徨ってきた止水が身につけている、守るべきものに少しでも悪影響を及ぼさせないための交渉スキルでもあった。

百眼は上の者に確認すると席を外し、すぐに戻ってくると、止水の出した条件をすべて呑むと満面の笑みで答えた。

止水はそれを聞くと頷き立ちあがる。

しかし、止水には分かっていた。

これがこの一回で済むわけがないと。

恐らく闇夜之豹は骨の髄まで自分を利用するだろう。そして、役に立たなくなれば子供たちへの扱いも変わり便宜も消える。これは時間稼ぎにすぎない。

止水は依頼を受けたこの瞬間から、闇夜之豹から子供たちを守る方法を探った。

そして——一つ確実な方法が浮かぶ。

だが……それは非常に難しく、可能性の低いものだった。

そのため止水は機関と闇夜之豹を焚き付けて混乱を作り出し、あわよくば機関に闇夜之豹を潰させようと考えた。

ところが、だった。止水は堂杜祐人という少年に遭遇した。

この少年は自分の考えた確実な方法を叶える可能性を持った相手だった。

だから止水は思わず笑ったのだ。

(心の底から湧く喜びで笑みを抑えられなかったのは初めてだな)

止水は窓の外に目を移し、一瞬だけ笑みを見せる。

(後は単純な話だ。俺は全力で堂杜祐人、お前を倒すことのみ考える。お前はこの俺にかかった呪いに終止符を打てるのか? 俺は【死鳥】だ。決死の覚悟で来い! できるというなら本気の【死鳥】の翼を折って空に掲げてみせろ! それで俺はこの闇に呪われた俺の生を俺だけのものにする！）

止水の刺すような仙氣が高まり、その目に激しく渦巻く決意の光が灯った。

第5章　すれ違い

「本っ当に大丈夫なんでしょうね、祐人！」

「う、うん、大丈夫じゃないかな？」

「なんでそんなに頼りないのよ！　あなたの契約人外でしょ！」

「あはは……そう言われましても」

燕止水の人質がいるというマンションに向かう途上、車の中で瑞穂はずっとこのような様子だった。出立する前の嬌子の変化の術を見て不安で仕方がないらしい。

そのため助手席に座る祐人は後部座席からの質問攻めにあっていた。

「私も不安です。もし、あんな格好で学校でいられたら……あんなにスカート短くして」

「マリオンさん、それはきつく言っておいたから。さすがにもうしないと思うよ」

「でも……ちゃんと伝わっているか心配です」

「マリオン、私なんて水着よ！　水着！　学校で水着姿をして歩いてたら退学ものよ！

一体、契約人外にどういう教育してんのよ、あんたは！」

「きょ、教育と言われても……最初からあんな感じだったんだって」

「教育……ハッ！　祐人さん、あの女性型の人たちの姿は最初からああだったんですか？　まさか祐人さんの教育であの姿に⁉　それでお色気お姉さん、おっとりお姉さん、無邪気な妹にゴスロリまで……」

「何ですって⁉　祐人、あなたって人はぁ！」

「そんなわけないでしょ！　どんな人間だよ、僕は！」

ワナワナしている瑞穂と「じゃあ、やっぱり私はメイド……でいくしか」とわけの分からないことをつぶやいているマリオン。

ただ祐人も二人の心配は分からなくもない。嬌子たちのことを知らない二人にしてみれば思いもよらない格好で自分に化けられたのだ。気にならないわけがない。

とはいえ、だ。そこは祐人も健康男子。

(でもあの時の二人の姿は、こう何というか……良かったなぁ)

ふと、嬌子とサリーが化けた二人の姿を思い出してふにゃけた顔になってしまう。

「……」

「……」

「うん？　ハッ！」

祐人は自分が鼻を伸ばすような顔になった途端に静かになった後部座席を振り返る。

怒りと羞恥と……喜び？　が混じったような真っ赤な顔をしている少女二人と目が合い、すぐに祐人は顔を整える。

「あ、今度みんなには講義をしようと思ってたんだよ！　世間の常識みたいなやつを」

「事前にしろぉぉ!!」

「それ最優先事項です！　祐人さん！」

「のほ！　ぐ、苦じい……ひ、痛い」

祐人は後ろから首を絞められ頬をつねられた。

運転席では笑いを堪えて明良が体を震わしている。

「ほら皆さん、着きますよ。おそらくあれですね」

明良がそう言うと祐人たちは街の中心地という好立地の高層マンションに顔を向けた。


車を停めると祐人たちは目の前の高層マンションを見上げた。

すでに時刻は午後八時前だがマンションの周りは多くの街灯や照明で明るく、マンションの外観もよく見える。

「堂杜君、ちょっと待っていてくれるかな。校門の前で待っているときに四天寺の者から連絡をもらっていてね。こちらにも大峰と神前の精霊使いを送って来ているみたいだから」

「はい、ありがとうございます。神前さん、なんかすみません、依頼でもないのにこんなに協力してもらって……」

「明良でいいよ、堂杜君」

「え？　あ、はい、では明良さん。じゃあ、ぼくも祐人でいいです」

「分かった。それに何を言ってるのかな、祐人君。相手は四天寺家の客人であるマリオンさんを狙っているんだよ。これは四天寺家に対する挑戦だ。敵さんにはその辺のことをよく教えてあげなくてはならない……と、朱音様からもきついお達しがでているのさ」

　そう言って明良は笑う。

「まあ、でもこれは朱音様の言う通りでね。我々も腹を立てているんだ。うちの中にはマリオンさんに好意的な従者も多いから。それに……」

　明良の笑みが不敵なものに変わっていくのを祐人は見た。

「瑞穂様にも手を出したことを後悔させないとね。これは四天寺家の総意だよ」

　そう明良は言い残すと携帯を取り出し祐人に背を向ける。

　明良の柔和な顔の中に四天寺家の別の顔が見えたような気がして一瞬、祐人は背筋が冷えるのを感じた。

「ここなのね？　祐人」

「あ……瑞穂さん。うん、ここみたいだ。ちょっと待ってね、中に入る前に僕の仲間に連絡してみるから」

「仲間って契約人外？　一体、何人いるのよ……その人外も紹介してくれるんでしょうね」

「また女性の人外なんですか？　祐人さん。今度は何ですか？　幼女ですか？」

「え⁉　こいつは男だよ、マリオンさん。それとこいつは忙しい奴なんで！　また改めて紹介するから！」

　祐人はそう言いつつ瑞穂たちから距離をとってガストンの携帯に連絡する。

「よ、幼女ってなによ、マリオン」

「あ、なんでもないです。私の考えすぎかもしれませんから」

「何をどう考えすぎると幼女が出てくるのよ。マリオンはちょっと最近おかしいわよ。やたら可愛らしいイラストのＤＶＤとか揃えだしてるし……」

「おかしくないです！　瑞穂さんにはあの価値が分かってないんです！　それに幼女というのはその中でも最も危険な……」

　背後から聞こえる瑞穂とマリオンの会話で鞍馬と筑波を思い出し、背中から冷たい汗を流している祐人の携帯に応答があった。

〝あ、旦那、着きましたか？〟

「幼女ってどこまでが幼女？　鞍馬と筑波は……どのあたりなの？」

〝は？　幼女？　何の話ですか、旦那……〟

「あ、ガストン！　なんでもないよ、こっちの話。オッホン！　で、どう？　今、下に着いたけど」

〝そうですか。はい、いつ来てもいいですよ。場所は二十九階です。最上階から一つ下の階になります〟

「見張りは？」

〝その辺はこちらで片付けておきました。だいぶ人員も削っていたみたいですがね〟

「人員を？　大事な人質なはずなのに、それは……」

〝恐らく旦那たちを襲う方に人員を振り分けたんでしょう。私が入り込んだ時にはすでに慌ただしそうにしていましたから〟

「そうか……だとすると仕掛けてくるのは明朝、いや早ければ今夜にでも来そうだね。ここまで来るときは敵の気配は感じられなかった。跡はつけられてもいないと思うけど……でも警戒はしておく方がいいね」

〝その方がいいと思います。場所の特定や追跡の得意な能力者もいるかもしれません。いかにも国家組織が好きそうな能力ですしね。もちろん私もフォローしますから〟

「うん、お願い。いつもありがとう、ガストン」

〝何を言ってるんですか。こんなことなんでもありませんよ、旦那〟

「えっと、僕たちは上にあがったら、そのまま人質になってる子供たちに会いに行けばいいのかな？　一体、何人くらいなの」

〝はい、全部で二十人ほどですね。一番年上でまとめ役の志平さんには私からある程度、話を通しておきましたので会えばすぐに分かってくれると思います〟

「え⁉　そこまでしてくれてるの？」

〝はい、ですが問題は連れ出す場所ですね。やはりそれなりの人数ですから匿うにも人手が必要でしょう〟

「それは大丈夫だと思う。機関には伝えてあるから。それに最悪は明良さんたちに相談するよ。じゃあ今から上に行くからガストンはその場から離れてね」

〝分かりました〟

祐人が電話を切ると明良が近づいてきた。

「祐人君、もうこちらの者たちもすぐに到着するようだ。どうするかい？」

「はい、では人質の子供たちを乗せる車の用意と匿うための場所が欲しいです。それと念のために周囲の警戒をお願いします。敵の動きが慌ただしいようですので何か仕掛けてくる可能性があります」

「ふむ……分かった。で、人数はどれくらいだい？」

「二十人程だそうです」

「結構、多いね。早急に準備しよう。支部長への連絡もこちらでしておく」

「ありがとうございます、明良さん。何からなにまで」

「さっきも言ったが気にしないでくれ、祐人君。今回は四天寺家が全力でバックアップすると決めたんだ。祐人君はまずやりたいようにやってくれればいい」

「分かりました。じゃあ瑞穂さんとマリオンさんは僕と一緒にマンションに行こう。人質になってる子供たちには小さい子もいるみたいだから、連れ出すときの先導もお願い」

「分かったわ」

「分かりました」

祐人たちは互いに頷き合うとマリオンがホッとするような声をだした。

「これで……祐人さんはあの死鳥と戦わなくても済むんですね」

瑞穂はマリオンを見つめ同意するようにニッと笑う。

祐人は無言でマンションの正面玄関に向かった。

（たしかにこれで燕止水の戦う理由はなくなるはずだ。上手くいけばこちらに引き込むことも出来るかもしれない。ただ……分からないこともある）

祐人は止水にダメージを負わされた左肩を無意識に撫でる。

（燕止水が闇夜之豹と機関の対立を煽ったのは間違いない。でもそれは機関と闇夜之豹を対立させ共倒れか、闇夜之豹を機関に倒してもらうか、人質に構っていられない状況を作ろうとしたものではないか。そう考えれば納得のいくところもある。でも、だったら何故……）

祐人はマンションのエントランスにあるインターフォンにガストンから教えられた部屋のナンバーを入力する。

しばらくするとインターフォンから若い男性の声が発せられた。

〝……機関の人間か？〟

「そうです、堂杜と言います。あなたたちを迎えに来ました」

声の主である志平は返答をしなかったが祐人たちの側面にあった立派なメインドアが自動で開いた。

エレベーターホールに向かい歩き出した祐人は小さく言葉をこぼす。

「何故あの時、あいつは……笑ったんだ」

祐人の心の内に、この違和感がしつこくこびりついていた。

◆

「わあ、綺麗なお姉ちゃん、一緒に遊ぼ！」

「ダメ！　わたしと遊ぶの！」

「お客さま！　お客さまだってー」

「ちょっとみんな～、お皿の片づけ手伝ってよ！」

祐人たちは志平に促されて部屋の中に入り、非常に広いリビングに足を踏み入れると大勢の子供たちからの歓待を受けて戸惑う。

特に瑞穂とマリオンの周りには子供たちが集まり、手を引っ張ったり抱き着いたりで瑞穂たちもオロオロしていた。

志平以外の子供たちは見た目の年齢は低く、十歳を超えないような年齢層が多いように思えた。中には幼稚園ぐらいではないかと思う子も数人いる。

部屋の中は先進的なデザインがされており目算で百五十平米はあるのではないかと見られた。実際、闇夜之豹が用意したこの部屋は６ＬＤＫの築年数の浅いハイグレードマンシヨンであった。

とはいえ二十人近い子供たちが生活するには手狭ではあるが、子供たちにそれを気にしている様子もない。

子供たちは大人数での共同生活に手慣れたように和気あいあいとした空気だった。

「これから兄ちゃんはこの人たちと大事なお話があるから、みんなは片づけと……念のため自分の荷物をまとめてて。小玉、悪いけどみんなのを手伝ってあげて」

志平は年長者の部類に入る落ち着いた面持ちの女の子に声をかける。

「分かった。志平兄ちゃん」

「えー、何で荷物をまとめるの？」

「ほら、みんな行くよ。衣服と大事なものだけ持てばいいから」

「「「はーい」」」

それぞれに散っていった子供たちの姿を祐人は心苦しい気持ちで見つめる。

この子たちは何も知らないまま親に捨てられ、知らない大人に連れ去られ、ここに来たのだ。そして今も大人たちの勝手に巻き込まれ続けている。

（僕のやっていることもひょっとしたら闇夜之豹と同じなのかもしれない。どんな理由があったとしても、こちらの都合で連れ出そうとしているのだから）

同じく瑞穂とマリオンも複雑そうな表情を僅かに見せる。

「こっちで話そう」

三人は志平にそう言われて部屋に通される。

何もない殺風景な部屋に椅子だけ用意され、それぞれに腰を下ろすと志平は祐人たちに顔を向けた。

「色々と話は聞いたよ。俺たちは止水が中国政府のために働いているってことだけしか知らされてなかった。それで闇夜之豹っていう軍部の怪しげな組織に雇われているってのは本当なのか？　しかも俺たちを人質にして止水を従わせているっていう」

志平の単刀直入な質問に祐人たちが頷くと志平は舌打ちをして顔を歪める。

「止水は何も俺に話さなかった！　それを知っていれば俺だって！」

「志平さん、僕はその止水さんと戦った者です」

「は？　あんたが⁉　よく止水と戦って生きていられて……」

「はい、強敵でした。僕も全力で立ち向かわなければすぐにやられていたでしょう。それで聞いてください。止水さんは意に反して闇夜之豹に従っていると思います。闇夜之豹は危険な組織です。止水さんが今後もあの組織に従って僕たち……世界能力者機関と戦って勝ったとしても恐らく解放されることはないと思います。それはもちろん、志平さんたちも」

「……っ！」

「だから、志平さんたちを私たちに保護させてください。そうすれば止水さんが闇夜之豹に従う理由はなくなります。世界能力者機関は全力で闇夜之豹に報復することを決めました。これが成功すれば後々の闇夜之豹による嫌がらせの心配もなくなるでしょう。もちろん、今回巻き込まれた志平さんたちの今後のことも機関が悪いようにはしません」

志平は無言で祐人の話を聞き、真剣な祐人の顔をジッと見つめた。

「それは……まだ承諾できないね」

「え⁉　何故ですか⁉　志平さん。ここにいれば志平さんたちはまた……」

思わぬ返答に祐人たちも目を大きくする。

「あんたたち世界能力者機関ってやつが信用できると誰が言えるんだ。それにあんたたちは止水と戦って手ごわいと感じたからここに来たんだろう。要は止水と戦わないために策を弄している、ってことだ」

「……！」

「あなた、何を言ってるの⁉　それは闇夜之豹が先に仕掛けてきたのよ！　私たちだって好きでこんなことをしているわけではないわ。それにあなただって人質にされたままでいいの？　機関で保護されればこんなことから解放されるわ。闇夜之豹に捕らわれた生活に比べれば幾万倍もマシよ！」

瑞穂が黙(だま)っていられずに反論してしまう。

「あんたたちも結局、同じだな、中国政府の連中と」

「何が⁉」

「たしかに聞いてみれば仕掛けてきたのは闇夜之豹って奴らなんだろうよ。それで頭にきてあんたたちは報復を決めた。でも、そのためには止水が強すぎる。で、俺たちの救出っていうことなんだろう。でも救出と言えば心地(ここち)いいだろうが実質、俺たちの人質の立場はほとんど変わらない。今度はあんたたちの人質になるってことだろう。人質という言葉を保護という言葉に変えて、な。理由は止水を戦わせるか、戦わせないかの違(ちが)いだけだ」

「……っ！」

祐人は目を見開く。志平の言うことは間違いではない、と思ってしまうからだ。

「もうたくさんなんだよ！　もう俺たちに関(かか)わるな！　俺たちはただ静かに暮らしていただけなんだ！　いきなり現れて止水を戦いに巻き込んで俺たちが人質だの保護だの何なんだよ、お前たちは！　真っ平ごめんなんだよ！　最初はあんたらに従った方がいいとも思った。でも結局壊(こわ)されたものは、奪(うば)われたものは何一つ戻(もど)ってこない！　止水だってもう俺たちのところには……」

瑞穂は声をあげようとするが志平の辛そうな顔を見て黙る。

「黙っていたけど教えてやるよ。あんたたちには残念だろうがな……止水はもう俺たちのことなんて気にかけていない。つまり俺たちに人質なんていう旨味はないんだよ。あんたたちも闇夜之豹って奴らも勘違いしている」

「……え？」

「だから止水はもう俺たちとは関係ない、って言っているんだ。止水は俺たちのことなんかどうでもいいんだよ。いや、そもそも今まで一緒にいたのは止水にとって仕事だったんだ」

志平は上を向いて空虚に嗤う。

「仕事って……どういうことですか？　あなたたちと一緒に暮らすのが仕事って」

マリオンが尋ねる。

「止水は根っからの暗殺者なんだ。その止水にとって依頼、契約は最も重いんだよ。俺たちと一緒に暮らしたのも俺の母さんが大怪我を負った止水を助けたことへの対価……つまり仕事にすぎない」

「そ、そんな……止水さんは志平さんたちにまで害が及ばないように言ったんじゃ……」

「それはない！　だって止水が目の前でこれでさよならだ、って言ったんだ。あいつらが一人もいないところで。もしあんたの言う通りなら、何か言ってくれてもいいじゃないか！」

「そ、それは……」

　マリオンは志平にどのように声を掛けてよいものか、と言葉を詰まらせる。

　祐人は僅かにうなだれている志平を見つめた。

　その志平からどこか投げやりで悲しさを目に宿していると感じとる。

「今回、闇夜之豹から依頼が来たときに止水は考えたのさ。自分の命の対価を闇夜之豹に支払わせようって。そう考えるとすべてに合点がいく。止水は母さんの依頼をこれで果たした、ということなんだ。だから、たとえあんたらが俺たちを連れて行っても止水は戦うことを止めないよ。もう俺たちの間を繋げるものは何もないからな」

　志平は言い終わると顔を上げた。

「もういい……今後のことは俺たちで決める。俺たちはこのままここを出る。そうすればあんたたちの目的も叶うんだから問題ないだろう」

「え⁉　無茶です！　志平さんたちだけでどこに行くんですか。ここは日本なんですよ⁉　それに必ず闇夜之豹や中国政府は追ってきます」

　志平の決心を聞いてマリオンが驚いてしまう。

「俺だって戦う。俺だって止水に武術は学んできたんだ。金ならあるし都市部を避けて静かに暮らせる場所を探す。それにあんたたちが闇夜之豹を倒してくれれば今後の問題もなくなるんだろう？　とにかく俺たちは他人の都合で生きていくつもりはないんだよ」

「そんな……」

マリオンは志平の覚悟に口を噤むがマリオンの言うことが正しいだろう。

志平のような若い、ましてや日本人でもない少年が異国の地で渡っていくのは至難の業だ。しかも二十人近い子供たちを抱えては移動するだけでも困難が伴う。

祐人は志平のやるせない気持ちと子供たちとの生活を守ろうとする意志を肌で感じて唇を噛んだ。

これは決して志平たちの責任ではないのだ。

このような決心をせざるを得ない状況に他人が自分の利益のために追い込んだのだ。

その意味では法月秋子にかかった呪詛も同様だ。

さらに志平は止水との繋がりにも自信を失い、絶望してしまっている。

たしかに止水の真意は誰にも分からない。志平の言う通りかもしれない。

しかし……いや、だからこそ、と祐人は思う。

何の罪もなく追い込まれた志平の決意が祐人に拳を握らせる。

「でも……志平さんは燕止水の本心を聞いてないって思っているでしょう」

「……！」

祐人の言葉に志平は目を見開いた。

「さっきの話だって燕止水は何も言わなかったんじゃなくて、言えなかった可能性だってある。どこに盗聴器があるか分からないし、そういう能力者もいる。それは志平さんにも分かるでしょう」

「そ、それは……」

「志平さん、燕止水がこの依頼を受けた真相は分からない。でも……本来はこんな別れ方ではなかったはずだ。志平さんたちと燕止水はもっと何か話し合う時間があったはずなんだ」

志平は無言になり、リビングにいる小さな子供たちの声に耳を傾けた。

止水がどのような考えを持っていたとしても、子供たちは止水を受け入れていた。もちろん、自分もだ。これだけは変わらない事実だ。

「止水……」

徐々に志平の中で止水との繋がりを信じる心が、信じたいと思う心が蘇ってくる。

(じゃあ、止水は……俺たちのために？)

そこまで考えて志平は首を振った。

今、考えなくてはならないことは家族を……子供たちをどのように守っていくかだ。

止水が自分たちのために行動したにせよ、そうでないにせよ、これは変わらない。

今は自分が家長なのだ。自分がしっかりとしなければならない。

「俺は……俺たちは人質なんてごめんだ。それとあんたら機関の保護もね。もし、止水にとって俺らが人質としての価値があるんだとするならなおさらだ。止水一人を犠牲にするなんて絶対にできない」

志平の静かだが力強い語気に祐人たちは気迫のようなものを感じ取った。

若干の沈黙の後、祐人が口を開く。

「志平さん言うことは分かる。これでは志平さんたちは二つの組織の道具にされていると思っても仕方がない」

祐人のその言葉にそれぞれの表情で全員が集中した。

「それが分かったら……もう帰ってくれ。このまま俺たちはここを出る」

志平は軽く息を吐きながら立ちあがった。

「止水に会ったら伝えてほしい。俺たちは止水がもう自由だって分かっている、って。そして俺たちも今は自由になったたって。もし、止水があんたらの言う通り俺たちを気にかけているならこれでもう戦わないだろう。あんたたちも死なないで済む。お互いの利害は一致するはずだ」

「いや、志平さん……それでも僕たちと来てほしい」

「は!? 何を言ってるんだ！ そんなに止水が怖いのかよ。だったら止水とは戦わずに依頼主の方を倒せよ。あんたらは知らないだろうが止水は道士なんだ。依頼とか縛りつけるものがなければ絶対に戦わない」

「そういうことじゃないよ。僕が言いたいのは志平さんの言う通り、ここで志平さんたちが機関に保護されたとしてもそれは……普通じゃない」

「だからさっきそう言って……」

「でもマリオンさんの言うことも事実だよ。今後の志平さんたちをどう甘く見積もっても志平さんの言うようなことになるのは難しいと思う。志平さんだって分かっているはずだよ。小さな子供を大人数連れて異国の地で安住の地を探すことがどういうことか。実際、今からここを出れば移動するだけですぐに警察に通報される可能性の方が高い。だから志平さんだって当初は僕たちについて行こうとしたんでしょう」

「……！」

「だから約束する」

祐人は顔を上げて志平に真剣な目を志平に向けた。

「止水さんを説得して一度だけでも志平さんのところに連れてくる。その後のことは志平さんたちで決めればいい。それが済んだら僕が志平さんたちの住める場所も見つけて機関に志平さんたちの保護もやめてもらう」

「何を言うかと思えば……ふざけんな！　そんなことお前に約束できるわけがないだろうが。止水が断ったらそこで終わりだろう。それに機関は俺たちを保護したいんだろう？　保護という名の監禁をな。そうすれば止水を強制的に仲間にできると思いこんでいるんだからな！　でも残念だったな、俺たちも止水も自由にやらせてもらう」

「そんなこと機関はしないわよ！　今回だって……」

思わず瑞穂は立ち上がるがマリオンに宥められる。

「じゃあ聞かせてもらおうか。お前はどうやってそれを成すんだよ。もし止水も機関もお前の提案を断ったらお前はどうするんだ」

「力ずくでやる。もし、この提案が通らなければ止水さんも機関も力ずくで言うことを聞かせる」

「え……？」

「祐人さん！」

「ば、馬鹿なこと言うな！　機関は知らないが止水がお前なんかの手に負えるわけがないだろう！　それにお前たちは止水と戦わないためにここに来たんだろう。それじゃあ本末転倒だろ」

「もし機関が志平さんたちを利用して止水さんを……なんてことを考えるのなら僕も機関に所属するつもりはないよ。まあ、威勢のいいことを言ったけど正直、機関の方は心配してないけどね。支部長が話せる人だから。でも止水さんはどう出るかは分からない」

「じゃあ、どちらにせよ、お前の馬鹿げた約束は果たされないな。止水を力ずくなんてあり得ない」

「志平さん、君は少し仙道を学んでいるでしょ。さっきから僅かに仙氣を感じるんだよね」

「な、何でお前にそんなことが……」

「それで志平さんは止水さんの本気の仙氣を見たことがあるかい？」

「……っ！」

　実はある。志平は一度、止水に頼み込んで修行のさなかに見せてもらったのだ。

　そして家の近くの山林の中で止水は静かに仙氣を解放した。

　すると止水の体を中心に周囲の草木が揺れ動きだしたのは見間違いではない、と思った途端に志平は後ろに吹き飛んだ。

その時の志平は止水から来る圧迫感に立つこともままならず地面に生えている草木を掴んでしまっていた。

「だから、何だって言うんだよ……」

「僕の本気の仙氣を見せるよ。それで止水さんと比べればいい。仙氣だけで勝敗が決まるわけではないよ。でも仙氣とは積み重ね、気づき、乗り越えなんだ。それは守り、破り、離れる。これを繰り返し、それらすべての根本が同じだと知ることで仙氣は大きくなる。この行程を必要ともせずに森羅万象を知るに至る者もいたらしいけど僕は大袈裟ではなく死ぬほど努力をした。じゃあ、見てて……」

「「え?」」

直後、志平と祐人たちのいた部屋のドアが吹き飛び、子供たちもひっくり返って大騒ぎになった。

「あんた馬鹿なの⁉ ねー、馬鹿なの⁉」

「本当です! 吃驚しました、こんなところで全力を出すなんて!」

「あ、いや、志平さんに信じてもらえるようにって、つい……あ、痛! ごめんなさい!」

瑞穂とマリオンがクシャクシャになった髪の毛もそのままに祐人を説教する。

志平は壁際に張り付くように体を預けて尻餅をついている。

「あ、あんた……まさか、あんたも道士なのか？　しかもこの仙氣の厚み」

「うん……で、止水さんと比べてどうかな？」

正直、志平は比べることなんてできなかった。

あるのは驚きと理解不能の領域にこの少年がいるということだけだ。

だが、まだ修行して間もない志平ではあったが祐人の仙氣から感じるものがあった。

それは……まっすぐさと温かみ。

そして言葉にするには難しかったが止水の時には感じることがなかった、受け入れられているというような、または互いが互いに同じものであると訴えられたような感覚を覚えた。

みんな一緒だと。

例えるなら人の愛も不安も、得るも失うも、人の持つ光と影にも境目などなく、それら相反するものと思っていたものが実は同じものだと言われているようなものだった。

あるのは皆、幸せを求めているだけ。みんなそれだけだと。

「あんたは一体……。それに仙氣というのは……」

「仙氣は人それぞれだよ。何故ならそれぞれに間違いがないから。仙道とはそれを知るための修行でもあるんだよ。で、志平さんは僕を信じる？」

志平にはこれで祐人が止水を力ずくで目の前に連れて来られるのかは分からない。

信じられない力を感じたのは事実だがそれは止水の時も一緒だ。

だが……信じてもいいのかもしれない、と思ってしまう。

理由は分からない。ただこの少年は約束を全力で果たそうとするだろうと思うのだ。

そして何故か、その勝敗も今はどちらでもいいと思う。

あるのはまた止水と一緒に子供たちと暮らしていきたいということだけ。

もちろん、いつかは別れが来るだろうとは思う。

（でもこんな別れ方は嫌だ。これではない別れ方がいい。もしこいつが止水を連れて来られなくても、止水の本心を知りたい。あとは止水の好きにさせる。でも俺(おれ)はまた止水の笑顔(えがお)を見てみたいんだ。だって俺たちは家族なんだから！）

志平は一度だけ……たった一度だけ止水が見せた笑(え)みを思い出した。

それは本当に僅かな変化であった。

もしかしたら見間違いだったかもしれない。

その日、思思(シーシー)が街に買い出しに行き、大雨で足止めをくらって帰って来られなかった日のことだった。

食べるものがなく全員でお腹を空かしていた大雨の日の夜。

誰かが「水を飲んで忘れる！」と言い出した。

すると子供たちは我先にと水を汲んできて飲んだ。

「何かお腹がふくれた気がするよ！」

「本当だ！」

「え⁉　じゃあわたしも飲むー！」

そんなわけはなかった。

本当は空腹で寝ることが出来なかっただけだ。

だが、こうすることで全員に明るさが灯された。

それを見ていた止水はいつも通りの無表情で言った。

「待っていろ。今から野兎でも捕まえてこよう」

そう言って体を翻し大雨の山の中に出ようとした止水に子供たちが言い寄った。

「大丈夫だよ！」

「止水、危ないよ」

「水飲んだから平気、平気！　だから行かないで」

子供たちにしてみればこんな日に大人がいなくなるのは不安ということもある。
お腹は空いているがそれよりも止水に家にいて欲しかったのだろう。
止水は子供たちが迫るように出かけさせまいとするのをただ無言で見渡した。
するとまるで図ったように同じタイミングで……。
グゥ～
と、子供たちがお腹を鳴らした。
止水は一瞬だけ硬直したようになる。
「先日、この近くで野兎の巣を見つけている。大丈夫だ、そんなに時間はかからない」
そう言って急いで止水は大雨の中を飛び出していった。
志平はその時見たのだ。
止水が体を翻したときに、その唇の端が僅かに上がっていたのを。
志平は今、こちらの評価を待つように見つめている祐人と目を合わせた。
(こいつの仙氣が訴えてきた。皆、一緒だ。皆求めるものも感じたものものもって!)
そして、決める。
「分かった……あんたを信じよう」
祐人を信じる、と言った志平は同時にあの時の止水はきっと幸せを感じていたと信じることにした。

そして止水もきっと俺たちと一緒だと。

相手の幸せを見て自分も幸せに感じる間柄だったと志平は信じた。

志平と子供たちは祐人たちと共にマンションの下まで降り、四天寺家が用意したワゴンタイプの車三台にそれぞれ乗り込んでいく。

「じゃあよろしく頼む、堂杜」

「祐人でいいですよ、志平さん」

「分かった……祐人」

志平は祐人に手を軽く上げると笑みを見せながら最後尾のワゴン車に向かおうとした。

「志平さん」

「うん？」

マリオンに声をかけられて志平は足を止め、優し気な顔の金髪の少女に顔を向ける。

「実は止水さんを雇った連中……闇夜之豹の目的は私なんです。理由は分かりませんが私を連れ去ろうとしているんです」

「……は？　それは……さっきはそんなことを言ってなかったじゃないか」

「はい、祐人さんはこのことを言うのを忘れたのかもしれません」

ニコッとマリオンは笑ってみせると今度は深刻そうな表情になった。

「それと瑞穂さんと私のクラスメイトが闇夜之豹に呪いをかけられて、今は集中治療を受けているんです」

志平は思わぬことを聞かされて驚愕する。

「それじゃあ、あんたたちは……」

「私たちは機関とか関係なく闇夜之豹と戦うつもりでした。実際、今朝、私たちはその闇夜之豹と戦っています。そして祐人さんは止水さんと正面からぶつかり合いました。私の見た限り二人は本気で戦っていたと思います」

「本気の止水とあいつが⁉ じゃあ、あいつは……祐人は何故、俺たちに接触してきたんだ」

志平は分からなくなる。

その話が本当であれば祐人は止水と同等の力を有していることになる。

となれば別に止水の人質である自分たちなど関係はないはずだ。

自分たちの仲間が襲われている状況で且つそれだけの実力があるのであれば止水ごと闇夜之豹を叩きのめせばいい。

聞けば非常に力のある四天寺という者たちがバックアップもしている。

祐人たちにしてみれば、突然襲ってきたのは止水を擁する闇夜之豹なのだ。

正当性は祐人たちにある。

「祐人さんは志平さんたちの情報を得て、ただ単純に嫌だったんだと思います。闇夜之豹に協力することを選んだ止水さんと戦うことも人質にされた志平さんを放っておくことも」

「そ、それは……力を持つ者の考え方じゃない！　それにお前たちが戦って万が一、止水を殺したとしてもお前たちは何も悪くはない。いや、それは当然じゃないか！」

「そうかもしれませんね」

志平にしてみれば祐人が止水との戦闘をしないために自分たちを救いに来ただけの方が納得がいく。祐人が今、マリオンが言った状況を伝えるだけで祐人は先ほどの仙氣を志平に見せる必要もなかった。

「ただ祐人さんは言っていました。理不尽を見て見ぬふりをするために強くなったんじゃない、って」

「……」

「でもだからこそ……そんな祐人さんだからこそ、今、志平さんもここにいるんじゃないんですか？　私はそう思います」

マリオンは再び笑顔を見せると志平の横を抜けて祐人たちがいる車の方に歩きだした。

志平はたった今、車に乗り込もうとしている祐人に目を移す。

「堂杜祐人、変な奴……だ」

そう漏らすと志平は最後尾のワゴン車に乗り込んだ。

◆

「百眼、頭を上げて頂戴な。あの人に相当どやされたみたいだけど私はそんなに怒っていないわ」

「は！　ロレンツァ様にまでご足労を頂き……今度こそは！」

「もういいわ。そんなことより早く報告をしてくれないかしら？」

「は、はい！」

本国からロレンツァが到着し、跪く闇夜之豹たちの最前列で百眼は頭を上げるとカリオストロにも報告した内容を反復した。

今回、襲撃のためにかき集められた闇夜之豹の能力者たちは女王と謁見しているかのように恭しく頭を垂れている。

「そう……死鳥と互角の力を持つ少年ね。にわかに信じ難いけど……死鳥さん、あなた手を抜いたわけではないわよね」

ロレンツァは笑みを浮かべて、百眼の背後で腕を組み壁に背中を預けている止水に目を移した。その止水は目を瞑り、無言で微動だにしない。

「ふふふ、それはないみたいね。では、その上で動きましょうか。標的の小娘は今どこに？」

「はい。それですが……不可解な状況です」

「それは？」

「機関は我々に対してなんら動きを見せておらず、その小娘も四天寺家に帰還していません。今、闇夜の者が行方を調べているところですので、すぐに居場所は知れるかと……」

「動き、というものは見せるものではないわ。それは当たり前でしょう。これだけのことを派手にしているのです。必ず何か手をうっているわ」

この時、ロレンツァはスッと窓の外に目を向けた。

「それに百眼……あなた、またしくじりましたわね」

「は？」

百眼が呆気にとられたような表情で顔を上げた瞬間、突然、百眼たちがいる高層階の部屋の大きな窓ガラスが吹き飛んだ。

「な、何だ⁉」

百眼が叫ぶと同時に破壊された窓ガラスの外からスーツ姿の男女二人が飛び込んでくる。その二人は室内に着地するや否や、その両手にそれぞれ火精霊と水精霊を掌握し、術の完成を見せている。

「ハッ！　ロレンツァ様を守れ！」

突然、夜の空から現れた術式発動直前の精霊使いたちを見て百眼は、涼しい顔を崩さないロレンツァの前に身を投げ出した。

くせの強い毛の女の精霊使いが右手を薙ぎ払うと部屋中に水蒸気をまき散らし百眼たちの視界を完全に奪う。ほぼ同時にオールバックの男の精霊使いが広範囲に炎を放った。

「……⁉」

部屋内にいる闇夜之豹たちから声にならない悲鳴が上がる。

女の精霊使いが放った水蒸気で全身がずぶ濡れになっている闇夜之豹たちに高温の炎が重ねられ、水蒸気の温度は数百度にも跳ね上がりその肌を蒸し焼きにしていく。

強襲してきた精霊使いに対し百眼と数名の闇夜之豹がロレンツァを中心に結界を重ね合わせ、精霊使いの連携攻撃に対して必死に抵抗する。

直後、術を放った二人の精霊使いは窓の外に離脱。すると間髪を容れずに恐ろしい数の

かまいたちが高温の水蒸気を切り裂き部屋内に吹き荒れる。

「グァァァァ!!」

数百、数千のかまいたちが速射砲のように百眼たちに襲い掛かり、あまりの攻撃圧に結界を張る百眼たちが後方に押される。

僅か数秒が数時間に感じられ戦意と生存本能までも削り取られていくような重厚な攻撃に百眼の目が血走っていき歯が砕けるほど食いしばった。

数分後、ようやく攻撃が止み……視界が露わになっていくとそこには無残にも破壊の限りを尽くされた部屋が眼前に広がっている。

今回集めた闇夜之豹の精鋭たちの半数が肉塊となり、もはやその原型すら分からない。

「な……」

髪を乱し言葉を失っている百眼は怒りに震え、拳を握りしめた。

ただ一人、止水は何事もなかったように元の位置で破壊された壁に体を預けている。

「ふむ……四天寺家の者たちね。百眼、あなた跡をつけられていることにも気づいていなかったのかしら?」

ドレスの汚れを気にしているロレンツァは無価値なものを見るような目で背後から百眼の首にレースに羽根をあしらった扇子を当てた。

ゾクッと背筋を凍らせて百眼は額から汗を流す。

「四天寺家は本気で怒っているようね。それでどうするのかしら？　百眼」

「な、何の問題もありません。このまま小娘を攫いに行きます」

「そう。じゃあ、準備が出来たら呼んで頂戴。私も準備をしておきます」

「ハ！」

ロレンツァは半壊した壁の間を両手でスカートを摘み上げ出ていこうとする。その際に床に散らばっている闇夜之豹の者だった腕を軽く横に蹴飛ばした。

「百眼」

ロレンツァは静かに背後にいる百眼に声をかける。

「この仕事を終えましたら……」

「は、はい……」

「この糞精霊使いどもを滅ぼします。よろしいですね？」

「ハ！　承知いたしました！」

百眼は無意識に跪き恐怖で視点をさまよわせた。自分からは見えてはいないロレンツァがしているだろう顔を想像し、ただ身を震わせるのだった。

この後、止水の人質たちが姿を消したという報告が入った。

そして人質を連れだした連中をサイコメトラーたちが解読し祐人たちがそこにいたということが分かる。さらにはその場に標的であるマリオンがいることも知れた。

すぐに百眼は出動の命令を下す。

人質を祐人たちが攫ったと聞いた止水は僅かに眉を動かしたが何も言葉を発することはなく、百眼たちに従って祐人たちの後を追う。

この時止水はその手に黒塗りの棍を握りしめ、祐人の姿を思い浮かべるのだった。

同時刻、四天寺朱音は自室で携帯電話を耳に当てた。

〝闇夜之豹ですが半数以上は討ち減らしました。またいつでも仕掛けられますが如何いたしますか?〟

「そう、ご苦労様。それではもう帰ってきていいですよ。あとはあの子たちに任せましょう」

朱音は携帯電話を切ると立ち上がり、中庭に面した障子をあけて夜空を見上げる。

「ここからはあなたたちの戦いです。困難はあるでしょう……でも失ってはならない想いはまず自分たちで守りなさい。今後はあなたたちが求めてこない限りは私も手を貸すことは控えます」

暫く空を見上げていた朱音は真面目な顔を緩めると首を傾げた。

「ちょっと、私は厳しいのかしら？」

その問いに答える者は当然、誰もいない。

だが精霊の巫女である朱音は頷く。

「あの子たちの心が光のある方向を向いているのなら、きっと精霊たちが見守ってくれるでしょう。頑張りなさい、瑞穂」

そう言い残すと朱音は部屋の中に戻るのだった。

◆

「祐人君、機関から、保護した人質の行先の指示を受けた。群馬県の農村部にある空き家をおさえているから、そちらに向かってほしいとのことだった」

「そうですか……。明良さん、機関からは人員を割いてもらえるんでしょうか？」

「明日には職員を派遣してくれるそうだ。それに伴って現状すぐに必要な生活必需品等を運んでくれるそうだ。垣楯さんは仕事が早いね。それと今後の人質の扱いについて考えると言っている。その対応のために垣楯さんはすぐにこちらに来てくれるそうだ。志平君本人たちの希望も聞く必要があるからね。すぐに私たちの後を追うと言っているよ」

祐人はそれを聞いてホッとした表情を見せ、四天寺家が用意したワゴン車の助手席から後部座席に目をやった。

後ろでは瑞穂とマリオンが小さな子供たちに悪戦苦闘している。

「お姉ちゃん、お姉ちゃん、どこに行くのー？」

「お姉ちゃんの上に座る！」

「ねえねえ、止水は来るの？」

マリオンは笑顔で応対し瑞穂はあたふたしながらも子供たちをあやしている。

祐人は少しだけ笑うと前を向き、表情は深刻なものに変わった。

そして明良に向かい懺悔をするように口を開く
「明良さん、ありがとうございます。それと明良さん、僕は明良さんたちに謝らなければならないことがあるんです。多分ですが……」

「ははは、この途上で闇夜之豹が襲ってくる可能性かい？　それなら既にうちの者にも伝えているよ」

「え!?」

「奴らも死鳥の人質が奪われたことには気づくだろうからね。当然、死鳥頼みの闇夜之豹はすぐに動くだろう。それになんといっても標的のマリオンさんがここにいる。奴らにしてみれば少人数で動いている我々を逃す手はないし、失敗続きで焦ってもいる。もちろん来るだろう。でもそれよりも問題なのは……」

「燕止水ですね」

明良は頷く。

「死鳥がこの事態をどう思っているかまだ分からない。機関がすでに人質の保護を終えていて闇夜之豹が手を出せない状況であれば祐人君の言うような懐柔の可能性は高くなる。でもまだ現状では我々が人質を攫っただけ。再び闇夜之豹に奪還される可能性だって考えているだろう。それに機関をどこまで信用するのか、という問題も死鳥にはある」

「はい……」

実はこの現状に祐人が気づいたのは志平たちを説得した後だった。

その意味では祐人は急ぎすぎたとも言える。

こうなって初めて祐人は単に自分の感情で仲間を巻き込んだだけではないのか、とも考えだしていた。それで祐人は顔を曇らせてしまう。

「祐人君、これは年上からのアドバイスだけど一つだけ言っておくよ」

「はい」

明良を見た。

「迷うな」

明良の芯のある声色に俯きかけた頭を上げて祐人は明良を見た。

「このタイミングでなければ死鳥の人質の保護は難しかったのも事実だ。ゆっくり構えていればその前に私たちが襲われていた可能性も高い。その意味で敵に先んじて何かしらの手を打った祐人君の動きは悪くない。これで敵の行動を限定させたとも言えるよ」

「……！」

「だからこう考えればいい。祐人君たちはむしろ敵を誘い込んだと。どちらにせよ、志平君たちを説得して連れだした今、死鳥とも会わなければならない。つまり今はただ襲われるのを待っているのではなく、こちらがイニシアチブを握ったんだ。あとは祐人君が死鳥とどのように話し合うのか、戦うのか、守るのか、それを考えるんだ。マリオンさんと志平君たちは我々四天寺家の者が瑞穂様とともに必ず守ってみせるから。だから、祐人君は

「……」

この時、瑞穂とマリオンはこの祐人たちの会話を黙って聞いていた。先ほどまで相手をしていた子供たちは疲れのためか、それぞれのシートの上でウトウトしている。

明良は祐人の目を見つめると前を向き微笑した。

「自分自身が見逃せない、許せない、と、思って起こした行動を信じるんだ。君にはそれ

をするだけの力とそれを何とかしたいという心があるのだろう？」

祐人は明良の言葉を受けると顔に生気があふれた。

明良が自分の行動をこのように肯定してくれて励ましてくれたことが嬉しかったのだ。

祐人はこれまでの出来事から今の状況に至るまでのことを思い返す。

まずは瑞穂とマリオンの友人である法月秋子が理不尽にも呪詛で苦しめられているのを救うために聖清女学院にやってきた。

その最中にマリオンを拉致せんと襲う連中に遭遇し、これを撃退した。

また、この襲撃者に雇われた強敵、燕止水は人質を取られており、その本心の在処は分からないが止水の行動に何かしらの影響を与えているのは間違いがない。

そして、このすべての事柄の延長線上に……決して姿を見せず陰に隠れ、他者の生を軽んじ、自己の目的のために糸を引いている存在がいる。

それは闇夜之豹という組織なのか、それとも個人なのか分からない。

だが、

(少なくともカリオストロ伯爵という人物がすべてに関わっている)

祐人の腹の奥底に煮えたぎる感情が沸き上がっていく。

祐人が一連のこれらの出来事にここまで感情的になったのには理由があった。

祐人にとって最も許せないもの。

それは自分以外のものが犠牲になることを正当化している連中。

祐人にとっての禁忌。

それは……、
意にそわぬ拘束、人質、そして……生贄。

（リーゼロッテ、みんな……）

祐人の心の最も柔らかな部分に魔界で出会い、心を通わせた藍色の髪の少女が浮かぶ。

魔界と呼ばれる異世界で混乱と悲劇をまき散らした災厄の魔神に殺され、その魂までを拘束された最愛の少女と戦友たち。

それは……すべて自分の甘さが招いた取り返しのつかない出来事だった。

祐人が災厄の魔人を倒すまでの間、死してなおどれだけの苦しみが彼女たちの魂を襲っていたのか分からない。

それにもかかわらず笑顔で自分を許してくれたリーゼロッテや戦友たちの姿が今、祐人の心を包んでいく。

祐人は強い意志の籠った目で車のフロントガラス越しの風景を眺めた。

明良たちの運転するワゴン車は隊列を組み、関越自動車道に入っていく。

「明良さん、ありがとうございます。僕も全力でいきます。決してマリオンさんに手を出させはしません。この不愉快な連中を僕はどうしても許す気にはなれないんです。ご迷惑をおかけしますが力を貸してください」

「当り前よ、祐人。やるわよ、徹底的に！　この連中には何をしても罪悪感はないわ。私たちに仕掛けてきたことを後悔させてやるわ」

「私も戦います。私が狙いであるなら、それはそれで戦いようがあります。秋子さんやこんな小さい子たちを平気で巻き込む人たちにかける情けはありません」

祐人は振り返るとすぐ近くまで顔を寄せて来ていた瑞穂たちに驚いたが……二人を交互に見て笑みをこぼした。

「分かってる。瑞穂さんとマリオンさんには最初から戦ってもらうつもりだよ」

その祐人たちの様子を見ると明良も笑みを浮かべ、小声でつぶやく。

「そう、それでいい。そのフォローをするのが私たち大人の仕事なんだから……」

祐人は順調に進む高速道路を眺め、しばらく思考を巡らすと明良に顔をやる。

「明良さん、恐らく敵は近づいてきていると考えた方がいいと思います。そこで、ある程度行って山間部が見えたところのインターチェンジで降りましょう」

「分かった」

明良にそう伝えながら、この時の祐人は別のことにも考えを及ばせていた。

(ガストンと大峰さんからの情報の接点。カリオストロ伯爵の人外との共存とは……こいつのしようとしていることは一体何なんだ)

車は人里離れた寂し気なインターチェンジで降りていく。

「どうするんだい？　祐人君」

「はい、とりあえず誰も巻き込まないで済むところに車を。できれば山林から見通しの良い広場のようなところがあればいいんですが」

「分かった。ちょっと風を走らせよう」

「はい、お願いします」

(ハッ！)

そう答えたその時、祐人は大きく目を見開き体に緊張が走る。

(近くまで来ているな……燕止水！)

まるで自分の仙氣を誇示するように噴き出している仙道使いの存在を祐人は感じ取った。

「明良さん、奴らが近くまで来ています！　瑞穂さん、マリオンさん」

祐人の言葉に瑞穂とマリオンが祐人にハッと顔を向けると二人は冷静に頷く。

「祐人君、良いところが見つかった。そこに向かう」

「お願いします！」

そう答え、祐人は己に仙氣を巡らし、まるで燕止水を誘うようにその仙氣を発した。

この時、最後尾のワゴン車で寝息を立てている子供たちの横で志平は車窓から見える山々の間にある月を見てつぶやく。

「……止水」

◆

「ぬう！」

百眼は月明りのみの山林の中で憎々し気に唸る。

先手を打たれたのだ。

祐人たちがこの人気のない山林に自分たちを誘ったのは分かっていた。

当然、待ち伏せをしていることも理解した。

だが、その程度のことで闇夜之豹に対して優位に立つことはない。

百眼はその名の通り、自身から半径約八百メートル以内の状況を見ることが出来る。

さらには集中力を高めることでその範囲内にいる標的を前後左右から認識することが可能だ。

百眼の能力の特筆するべき点はこの大量の映像情報を混乱することなく処理する頭脳とそれら状況の分析ができる冷静さを持ち合わせていることである。

これが百眼を対人戦闘において指揮官の役割を担わせている理由ともなっている。

今、標的のマリオンがいる場所も確認済みだ。前方の山林内にある開けた広場の中央にいる。その近くで瑞穂を始めとする精霊使いたちがマリオンを守るように取り囲み、防御陣を築いて自分たちを待ち受けている。

百眼が今、焦りを隠しきれず横にいる連絡役の思念共有能力者に大声で指示を飛ばした。

「散開せず二組になり北と南からしかけろ！　我々も行く！」

百眼はこの場に来た際、連れてきた六名の闇夜之豹にそれぞれ武装した工作員を三名つけて六部隊に分けるとマリオンたちがいる広場を包囲しながら迫るように指示を出していた。

しかし現在はその六部隊の内、二部隊が襲われ音信不通になっている。

精鋭闇夜之豹をこの忌まわしい状況に追い込んでいる原因は……祐人だった。

（小僧がぁ！）

祐人は広場中央にマリオンたちを配置した後、自身は遊撃の任を受け持ち、その広場から離れて敵を待ち受けていた。

また、祐人の移動速度は疾風のごとく、かつ不規則。

山林の中でも草木を揺らさずに移動していることから、百眼もそこにいるのは分かっているのだが特定した場所を仲間に指示できない。何故なら指示した時にはもう既にそこにはいないからだ。

そうして遊撃する祐人に強襲され二部隊が沈黙させられた。

その二部隊とは闇夜之豹の中で近接攻撃を得意とする怪力の岩肌の男とまるで関節を持たぬ軟体の男が配置された部隊だった。どちらも闇夜の中から忽然と背後に現れた祐人に月明りを反射させた白金の鍔刀倚白によって切って捨てられている。

「百眼……分かっているわね。失敗などはありえませんよ」

「ハッ！　分かっております」

どこからともなく発せられた姿の見えないロレンツァの声を聞き、緊張した声色で即座に答えた。

百眼はチラッと後ろに控えている死鳥に目をやる。

現状、人質は奪われ死鳥がどこまで自分たちの言うことを聞くのか読めなくなったことで百眼がそれを恐れ、死鳥をこの場に控えさえたのが仇になった。

だが今、たかがランクDのはずのあの小僧を押さえられるのはこの死鳥だけだと否応なく理解させられる。

そして現在、もはや百眼に余裕などなかった。

「死鳥、お聞きしますが依頼は完遂して下さいますね」

「分かっている……あの少年を殺ればいいのだろう」

「良いのですね？」

「フッ、お前は勘違いしている。奴らが匿ったガキどもが俺を縛るものだと考えているのだろうが俺には関係のないものだ。あそこにいるのも自分たちでそう決めたのだろう。それに俺は受けた依頼を違えたことはない」

「ふん、それを信用しろと？　それにしてはあなたはあのガキどもにご執心だった。我らに要求した便宜はすべてあのガキどものものでしたが」

「それは依頼を受けたからだ」

「は？　依頼ですと？」

「かつて瀕死の状態だった俺を癒やす代わりにあいつらの母親から依頼を受けたにすぎん。あいつらが自力で生きていけるまで面倒を見ろと。俺はその依頼を完遂しただけだ」

「ほう……それは初耳ですね」

「俺は受けたものに対し、それ相応のものをすでに渡している。お前らから引き出した報酬を含めてな。後のことはあいつらの問題だ。どう生きようが、どう死のうが知ったことではない」

表情もなく淡々と語る止水を見つめ百眼は目を細めて眉根を寄せる。

（たしかに死鳥の名声を高まらせたものの一つは受けた依頼を一度も違えたことはないというもの。死鳥の本質には暗殺者としての有り様があるのかもしれませんね。そういえば死鳥は悪仙、崑羊の弟子でもあることを忘れていましたね）

「分かりました。では、あの小僧の相手をお願いします」

これを聞くと止水は百眼に対し何も答えることもなく闇に溶けるように姿を消した。

（よし！　敵の戦力を削れた。出来ればもう少し削っておきたいな）

祐人は敵を待ち受けていた時に敵が止水を温存させたことに気づいた。理由は分からなかったが志平たちをこちらで保護したことが何らかの影響を与えた可能性を想像した。

祐人は立ち止まり山林に中から石を瑞穂たちのいる広場に放り投げる。

するとその石は闇の中を滑空し明良の一メートル前の地面に落ちた。

「祐人君からか！　まったく彼に驚かされるのはもう何度目だ」

祐人が地面に円を描き、明良に石が飛んできた方向に連絡のための情報風を飛ばしてほしいと言ってきた時、明良は一瞬、祐人の言っている意味が分からなかった。

そして今、山林に隠れた祐人は定期的に違う方向から石を投げ、それを寸分たがわずに明良のいる目の前の描かれた円の内側に落とす。

「今度はこちらか。祐人君、敵は残り四部隊だ。離れた場所にいる指揮官らしき奴は動いていない。うん？　いや、敵は合流して北と南からこちらに来ようとしているようだ！」

明良は自身の探査風と四天寺家から来た土精霊術を得意とした精霊使いと協力して、地面の振動を把握し、敵の位置取りを祐人に風で伝えていく。

すると先ほどと同じ方向から了解を意味する石が明良の前の円に落ちてきた。

「祐人さん、器用ですよね？」

「マリオン、こんなの器用なんて言わないわよ。ほとんど無駄にすごい隠し芸みたいなもんよ。本当に呆れるわ、祐人には」

「あはは……たしかに」

そんなことを言われているとは知らずに祐人は移動を開始する。

（燕止水はまだ動いていない……な）

祐人は気配や殺気には敏感だが複数の敵が広範囲に亘って展開されると何となくぐらいに精度が落ちる。そのため明良たちの索敵能力は非常に便利だった。

唯一、祐人がどこにいるのか分かる敵は相変わらず自分を誇示するように仙氣を放つ燕止水だけ。

（僕と戦いたがっているな。それでは燕止水にとって志平さんたちはどういう意味を持つんだ。いや、まだ燕止水には機関が信用できるか分かっていないのもある）

祐人は闇の中で広場の北側に合流した部隊に向かおうとしたその時、表情を変えた。

（燕止水が動いた！　こちらに……来る！）

祐人はジーパンのポケットからあらかじめマジックで印を入れている石を取り出し明良たちに投げる。

その石が明良たちのところまで飛来した。

「この石は⁉　瑞穂様、マリオンさん、死鳥が来ます！」

「分かったわ！」

「はい！」

瑞穂とマリオンは顔を引き締め、敵の来襲に備え霊力を練りだした。

「志平兄ちゃん……怖いよ」

「大丈夫だから、みんなは寝てな」

「でも、ここは？」

ここは四天寺家の土精霊術で作られた地下空間だった。そして瑞穂たちのいる広場の真下に作られており明良のいる背後にその小さな出入り口がある。明良たちがこの中に匿い、数本の懐中電灯と地面に敷く毛布を志平や子供たちに渡していた。

「ねえ、志平兄ちゃん、止水は？」

「わたしも止水に会いたい」

「止水にもその内、会えるから。今はここで我慢しよう。みんな一緒だから大丈夫だ」

そう言いながらも子供たちの不安や心配を志平は見てとっていた。子供たちにとってこのような状態で不安にならない方が無理だろう。

故郷の家でも同じようなことがあった。

嵐の夜や獣の鳴き声が聞こえる時などがそうだ。

そういう時、止水がいるということだけで子供たちに安心を与えていたのを覚えている。

それで志平はまだまだ自分が子供たちに安心を与える存在になりきれていないことを悔しく思った。志平は自分に体を寄せて寝息を立てている子供たちの中で一番小さい玉玲の頭を撫でた。

この時、地下空間のすべてが地響きを立てて揺れる。

「これは⁉　始まったのか」

突然の地響きに子供たちは悲鳴を上げて志平のところに集まり身を寄せる。

玉玲は幸運にもまだ気づかず寝ていた。

「みんな大丈夫だからな！　心配すんな」

そう言い志平は寄り添ってきた子供たちに手を回し抱きしめる。

（止水……。祐人、止水を頼む！　止水の心を解放してあげてくれ。何となく分かるんだ、止水が今、何を考えているのか）

「話を聞け、燕止水！　志平さんたちは！」

「貴様と話す言葉を持たぬ。語るなら刃で語れ、堂杜祐人！」

「グウ！」

「ヌウ！」

止水の棍と祐人の倚白がぶつかり合うと辺りの木々を凄まじい衝撃波でなぎ倒す。

静かな月明りの中、やや遠方から放たれた大きな衝撃音となぎ倒されていく巨木たちの

方に瑞穂たちが顔を向けた

「あれは⁉　祐人！」

「祐人さん！」

「来ます！　瑞穂様、マリオンさん、集中して！」

明良が大声を張り上げて二人に警鐘を鳴らす。

すると広場の南北から人影が見えてきた。

明良はこの広場の大きさに合わせて風の結界を張っており、その侵入角度を正確に把握している。

「瑞穂様、南側から来る奴らの方が早いです！　そちらに警戒をお願いします。大技を好きにかましてください、北側は私たちで押さえます。マリオンさんは我々の防御に専念してください。何の能力者なのかまでは分かりませんから！」

その明良の言葉を皮切りに辺り一帯は戦場と化した。

瑞穂は南から広場に侵入してくる闇夜之豹に対し、得意の火精霊術を完成させる。

「行け、炎槍！」

瑞穂の炎でかたどる槍が瑞穂の合図で闇夜之豹に襲い掛かる。

「まだよ！　炎陣糸！」

両手を左右から前方にかざすと掌から細いオレンジ色の糸が十数本伸びて南側の山林に向かった。その闇夜に映えるオレンジの糸は炎槍に半瞬遅れて木々の間に進んでいく。

南側から侵入を試みた闇夜之豹の前面にいたのは死霊使いが連れてきた僵尸だった。

「チッ！　あぶねー！」

死霊使いは舌打ちして後方に飛びのく。

瑞穂の炎槍が僵尸の一体に直撃し、業火に包まれ灰となっていくのを見て味方に指示を出す。

「厄介な敵の道士は死鳥と殺りあってる！　固まっていては精霊使いの的になるだけだ！　闇夜之豹は散開して仕掛けるぞ。工作員はここから銃で派手に撃ち込め！　精霊使いを引きつけろ！」

「は、はい！」

その命令は九名の工作員たちには過酷なものだったが逆らうことは出来ず返事をした。

工作員たちはすぐにその場でマシンガンを広場中央に向け、トリガーを握り締めようとしたその時、オレンジ色の糸が風に漂うように現れた。

「なんだこれは？」

工作員たちは訓練された軍人でもある。

だが能力者でもない彼らはこのようなものを見たことはなく、相手が能力者と分かっていても危険と感じるまでタイムラグがあった。

この僅かなラグが工作員たちの運命を左右する。

そのオレンジ色の糸が武器に巻きつき、重装備の軍服に巻き付いていくとハッとしたように工作員たちはその糸から逃れようと大いに慌てる。

瑞穂から伸びたその糸を辿り……このような細い糸に油を染みこませても起きうるわけがない巨大な炎が迫ってくるのが見えたのだ。

「逃げろぉー！　武器を捨てろ、軍服を脱げ！　焼け死ぬぞ！」

その言葉に全員が武器を放り投げて装備品の塊の軍服を脱ぎ捨てる。

その姿を瑞穂は見てとり鼻を鳴らすと散開した闇夜之豹に意識を向けた。

「敵が散開した！　それと恐らく死霊使いがいるわ！」

「分かりました！　瑞穂さん」

「私は北側で精一杯です！　他の方々は土精霊術で敵の足元を妨害してください！」

四天寺家の者たちは頷くと連携して包囲せんとする敵に相対した。

この時、この山林で一際高い巨木のてっぺんに立つロレンツァは状況を眺めていた。

「ふふふ、動き出したわね。あら、死鳥さんはあんなところで戦っているのね」

ロレンツァは広場に陣取る瑞穂たちを莞爾として見る。

「あの娘がマリオンね。綺麗な顔をしてそうね、もったいないわ。あんな子が五体を引きちぎられてしまうなんて可哀想に。フフフ……でも」

ロレンツァは心底、同情するような表情を見せたと思うと徐々に口が裂けていくように口角を上げていく。

「あの憎きオルレアンの穢れた血を引いている、あなたが悪いのよ」

邪悪な笑みをこぼすと広場北側の奥から凄まじい轟音が山々に響き渡った。

ロレンツァは笑みを消し、轟音を響き渡らせた当事者たちに目を向ける。

「これは百眼の報告通りね。あの死鳥と互角に渡り合う少年っていうのは何者なのかしら。報告ではランクDの劣等な能力者のはず。まったく忌ま忌ましい小僧ね」

ロレンツァは不快げに扇子を閉じ、手のひらのうえを叩いた。

「明らかに邪魔ね、あの小僧。死鳥に万が一でもあれば、小娘を攫う機会を失うかもしれない。フフフ、でもまあ互角なら勝敗の行く末は運次第……ってことね。ハハハ！　分かったわ、私が応援してあげる。君を心から応援するわ、劣等さん！」

そう言うとロレンツァは数十メートルはある高さから飛び降り、豪奢なドレスを闇夜にはためかせ消えた。

祐人と止水は鬱蒼とした木々の間を、地面から七、八メートル上で高速移動していた。

「止水！　お前は何のために戦ってるんだ！」

「まだ言うか！」

止水は祐人に向かい漆黒の棍を投げつけた。

その棍は両者の間にあった木々を切り裂きながら祐人に迫っていく。

「む！」

祐人は木の幹を蹴り、紙一重でこれを躱すとダイブするように丸腰の止水に肉迫した。

祐人が倚白を下方から振り上げると止水は上方にあった枝に手をかけて下半身を振り上げて躱す。すると祐人はそれを追撃するように飛び上がった。

そこに先ほど止水が投げた棍がブーメランのような軌道を描き、祐人の背後から襲い掛かる。

「……っ！」

祐人は止水に迫りながらも背中に倚白を斜めに構えて棍を弾く。

それをまるで読んでいたかのように止水はその場から跳び、祐人が弾いた棍を手にすると今度は上方から祐人に棍を突き出した。

祐人は顔を歪めると左手で倚白を木の幹に突き刺し急停止すると倚白を支点に体を支えて左脚を振り上げる。

そして止水の突き出してきた棍に対して振り上げた左脚の外側から膝を曲げて絡め、起き上がるように上体を折ると倚白を手放し止水の横面に右拳を叩きこんだ。

「グッ！」

止水はこれを躱せず左頬に祐人の拳がめり込んだ。

止水は弾き飛ばされ、近くにあった巨木の幹を自身の背中でなぎ倒す。

この間に祐人は倚白を再び握りしめ、止水に近寄り正眼の構えをみせる。

「あんたの左肩の傷の方が深かったようだね」

止水は立ち上がり根を相半身で構えた。

「話を聞いてくれ、燕止水。もうあんたが戦う理由なんてないんだ。志平さんたちを連れだしたのは志平さんたちをこちらで保護したという意味だけじゃない。機関はそんなことを利用したりしない」

止水は反応せずに構えを崩さない。

「もし機関が志平さんたちをどんな形でも利用するようなことがあれば僕が許さない。機関と事を構えてでも志平さんたちを僕が守る。まあ、そんなことにはならないだろうけどね」

止水は無表情に瞳だけを祐人に向けた。

「でも一番伝えたいのはそこじゃない。僕たちは志平さんたちの願いを聞き届けたんだ」

祐人は倚白を下ろす。

「志平さんは出来ればあんたと暮らしたいと思っている。でももし……それが無理でも、もう一度、話したいと言っている。それは、たとえここで別れるとしてもちゃんとあんたと繋がっていたことを伝えたいと！」

止水はゆっくりとした動作で棍を握りしめながら下ろし祐人を睨んだ。

「堂杜祐人……貴様には心底、失望した」

「燕止水！」

「貴様の幼稚な考えに付き合う気などない。俺が望むのは貴様との……死闘！」

止水は棍に仙氣を送り込む。すると黒塗りの棍はその長さを変えて倍近い四メートル程まで伸びて太さも増した。

「貴様が俺を倒さねばあの金髪の小娘を攫い、邪魔するものはすべて殺す！　この俺の宝貝【自在棍】によってな！」

言い終えるや否や止水が二倍に伸びた棍を横に薙ぎ払う。咄嗟に祐人は倚白でそれを受けるが、今までの止水の攻撃と段違いの重さに両足を地面に滑らせて歯を食いしばった。

「グウ……！　じゃあ志平さんたちはお前にとって何なんだ！」

「俺には関係のない連中だ！」

「では、何故、この依頼を受けた⁉　志平さんたちを守るためだったんだろう！」

「もはやこれ以上、意味のない話は止めろ！　では証明してやろう、貴様が俺に敗れたあかつきにはあの金髪の小娘以外をすべて殺してやる！」

「何だと……！」

祐人の顔色が変わりその目に怒りが灯される。

「俺は死鳥！　その名の通り死を運ぶ、冥府への案内人だ」

「ふざけるな！　お前はただの偏屈野郎だ！」

祐人が棍を蹴り上げて後ろに距離を取ると己の仙氣で倚白を包み、おのれの一部とした。

互いを睨む二人の仙道使いが互いの得物を握りしめる。

「ハアァァ！」

「ぬうぅ！」

止水と祐人は仙氣を同時に噴出させて今、ぶつかり合った。

瑞穂たちは闇夜之豹に対して自分たちのいる広場への侵入をよく防いでいた。

そもそもここに位置取りしたのには理由がある。

それは精霊使いの力を十二分に発揮できることだけに特化したのだ。

まず精霊使いの得意レンジである中距離から長距離を取れるということ。

見晴らしが良いこと。

またそれに伴って山林との境目があることで敵の現れるポイントに攻撃を仕掛けやすい。

そして山林と広場の境目に罠や結界を張りやすいことが言えた。

これはあくまでも敵が攻めでこちらが守りに徹することが大前提であり、さらには敵が攻めることを急いでいて攻撃を止めることが出来ないという条件が必要ではある。

「クッ、精霊使いどもが！　時間を稼いで応援を待っているのか⁉」

百眼は今、前線に来て指揮をとっているが瑞穂たちの頑強な粘りに思うように突破できていない。

本来、百眼が準備していた作戦はもう使えなかった。

ホテルで四天寺家の強襲を受けて闇夜之豹の戦力は半減してしまい、必要な能力者も欠けていているため、今は現有戦力で臨機応変に対応するしかない。

だが臨機応変といえば聞こえはいいが要は出たとこ勝負の色合いが強いのは否めない。

「死鳥があの小僧を倒して、こちらに向かってくればすぐにでも圧倒できるものを！」

百眼が歯ぎしりをしたと同時に瑞穂は苦笑いする。

「どう？　大分、敵さんも消耗したけどそろそろ行けそう？」

「そうでやすな！　そろそろ頃合いといったところでさぁ」

「はいはーい！　白はもう行けるよ！」

「（コクコク）……行ける」

玄は濃ゆい顔でニンマリと大地に耳を当てている。

マリオンの横では白とスーザンがやる気を見せていた。

実は祐人は事前に玄たちを呼び寄せて瑞穂たちと作戦を練っている。

彼らを選んだのは一度、共に戦った経験から玄たちの実力を信頼してのものだった。

他の人外たちを呼ぶことを考えたが玄が「他の連中は戦闘向きではない者たちと、呼んだら無条件で皆殺しにしそうな奴らしかいないでさぁ」と言ったので今回は諦めた。

この時、祐人もそれを聞いて顔を青ざめせて「これは本当に一回、全員呼んで話し合わないと駄目だなあ……」とブツブツと独り言を言っていたりする。

「でも本当に大丈夫なんですか、玄さん。ミレマーでの消耗から回復しきっていないから絶対に無理はしないようにと祐人さんも言っていましたし、嬌子さんたちは学校のこともあるので呼んでもいませんし……」

嬌子とサリー、そして傲光とウガロンはこの場には呼んではいない。学校方面に闇夜之豹が来る可能性を考慮したのと、こちらで消耗させてしまって祐人たちの身代わりアリバイ作戦に支障をきたさないためだった。

「うーん、そうでやすなぁ、本当はもう少し回復しておきたかったんでやすが、まあ大丈夫でやしょう！　今、敵の霊力と魔力を調べやしたけど相当にへこんでますわ」

「どうやって敵の霊力残量とか分かるのか不思議ね。む、そこ！　炎槍！」

「あっしは大地にでもなんでも繋がっていれば敵のおおよその実力は分かりまっせ！」

「あ～あ、祐人ともっと一緒にいれば力の回復も蓄えも全然違うのになぁ。最近、会えてなかったから……祐人の霊力が恋しい」

「……（コクコク）」

「「は？」」

白のその何気ない発言に精霊使いの少女とエクソシストの少女の眉がピクッと反応した。

「あのー、白さん。む、聖循！」

マリオンの聖循によって敵の霊力刀が弾かれる。

「うん？　何？　マリオン」

「今のはどういう意味合いなのかしら。一緒にいれば、とか。ハア！　ディバイン・サークル！」

敵の召喚した僵尸の足元に直径十メートルほどの光のサークルが発現し三体同時に浄化された。

「うん！　私も契約して初めて知ったんだけど私たちは契約すると力を使った後の消耗の自然回復力がすごく弱いんだよね。だから本来は主人になる契約者に私たちが力を使うたびに霊力とか魔力とかを注入してもらって回復させてもらうの！　でも祐人は霊力を上手く扱えないから……」

「ああ、なるほどですね。祐人さんは霊力を上手く注入できないんですね」

何故か胸を撫でおろす瑞穂とマリオン。

「でも、大丈夫！　祐人のそばにいればあの大量の霊力をもらえるから回復は数日で済むの！　ちょっと、今回それが出来てなかっただけで」

「……うん？　そばに？」

瑞穂とマリオンの額にしわが寄る。

「ちょっと、白さん！　ハッ！　炎鎌！　そばに、っていうのはどれくらいのそば？」

広場に躍り出ようと窺っていた闇夜之豹のライカンスロープを牽制する瑞穂。

「え？　瑞穂、一番良いのは一日中くっついてることだよ！　でも、あんまりくっつくと祐人が嫌がるんだもんね」

「（コクコク）……祐人、ケチ」

「白とスーザンはくっつき過ぎなんでやんすよ。親分もあれじゃゆっくり出来ないでさぁ」

「だってぇー」

「あれぐらい……普通」

「くっつく⁉」

「そ、それは……ということは白さんたちは祐人さんといつも……もしかして嬌子さんやサリーさんも⁉」

「あの人たちは夜になると親分の部屋に行こうとするから最近は傲光さんが親分の部屋の前で寝てるんでやすよ。困ったもんでさぁ」

「「夜⁉」」

「うん！　出来る限り一緒の家にいるよ！　いつもは無理だけど。そうだ、マリオンたちも今度、遊びに来てよ！　お風呂も玄と傲光で大きくしたし」

「絶対に行く！」

「絶対に行きます！」

瑞穂とマリオンの霊力が跳ね上がる。

瑞穂から放たれる精霊術が重みを増し、マリオンの築く防御壁が厚みを増す。

そして二人の術の切れ味が上がった。

「瑞穂様、マリオンさん、飛ばしすぎないでください！　こちらのスタミナの配分も考えてくださ……い？　駄目だ、聞いてないな」

明良は背後から声を上げるがすぐに諦めて玄たちに声をかける。

「玄さん、白さん、スーザンさん、申し訳ありませんが行けるタイミングで動いてください。ですが無理は絶対にしないでください。あなたたちに何かあったら祐人君に顔向けできないですから。それと祐人君が戦っている相手には絶対に手を出さないでください。お話を聞いていれば今の状態ではむしろ足手まといになります」

「分かりやした」

「はーい！」

「……（コクコク）」

（敵は祐人君の契約人外は知らないはずです。これでこちらは方が付くはず。後は祐人君が死鳥を何とかしてくれれば……）

明良がそう考えていると山林の奥から生じた凄まじい轟音が上がり、その衝撃波の余波が山林の間を駆け抜けて明良たちのところにまでやってきた。

「こ、これは何という！　祐人君はどこまでの力を持っているんだ。これでは相性によってはランクSSクラスの能力者にも引けを取らないのではないか!?」

明良は前回の戦闘でも祐人に度肝を抜かれたが、今は祐人の存在に現実味のない感覚すら覚えたのだった。

◆

「ぬう！　仙術！　自在棍、真空域！」

止水の操る棍の軌道に沿って真空の空間が出来上がり、辺りの大気を激しく吸い上げる。

その吸引力は大気のみならず草木や砂利も巻き込み、祐人の身体をも強制的に止水の必殺の空間に誘い込もうとした。

「はあ！　仙術！　倚白、風撒！」

祐人が剣舞を披露するように倚白を躍らすと倚白に誘われた空気が圧縮され、止水に向かい放たれる。本来、対峙した敵の突進力を牽制する技だが祐人の供給する大量の空気が止水の作り上げる真空を相殺(そうさい)する。

仙道使い二人が互いに放つ技の応酬(おうしゅう)でその間の空間にある大気が大いに乱れる。

だがそれに構わず止水は荒(あ)れた空間の中を抜けて祐人に迫った。

祐人も前に出る。

不安定な空間を走り抜ける二人の衣服が切り裂(さ)かれ、皮膚(ひふ)が所々破けると血が噴きだした。

「仙邪(せんじゃ)術！　自在棍、空死脚(くうしきゃく)！」

止水は仙氣を棍に集約すると二倍に伸びた黒塗りの棍にしがみつき、回転しながら棍だけで大地を蹴りつつ移動し、祐人の脳天を襲う。

それとほぼ同時に祐人は鋭(するど)い眼光で口元で印を結び、仙氣を練っていた。

「仙闘術！　流水舞脚(りゅうすいぶきゃく)！」

迫る止水の棍に対し、まるで川の水が遮蔽(しゃへい)物に当たりながらも動きを止めないように祐人は倚白で棍を迎撃(げいげき)しながら流れるように移動する。

止水の動きは止まらず祐人との間合いを外さずに回転を続け、祐人の前後左右を跳び回る駒(こま)のように凄まじい重連撃を繰(く)り出し続けた。

対して祐人はすべての棍の攻撃を直線上には受けてはいない。止水の超連撃に対し全身を円運動で回転させながら斜めに受け流しつつ、または止水の動きに合わせて宙で側転しながら止水の回転に手を加えていた。

時には外し、時には助力すらし、止水の思うような動きをほんの少しずつずらしている。

二人はそのまま密林の中を高速で移動し、止水の棍のみが移動途中にある巨木をなぎ倒していった。

この死闘を繰り広げている二人の仙道使いを追いかけている影があった。

「ククク、激しいわねぇ、二人とも」

ロレンツァは怪しい笑みを浮かべ口元を扇子で覆いながら祐人と止水を見下ろしている。

「でも……驚いたわ。あの邪魔な小僧は仙道使いじゃない。珍しいものを見させてもらったわ。仙道使い同士の戦いなんてものをね。とはいえ……」

ロレンツァはいまだに一進一退で膠着状態になっている広場での戦闘に目を向けて舌打ちをした。山の奥から朝焼けの空が見えはじめ、このまま耐え凌がれれば機関の増援も来る可能性が高い。

やはり四天寺家の強襲を受けて半数の闇夜之豹を失ったのが痛かった。百眼の責任を問いたいところではあるが今はその時ではない。

「あちらが膠着状態では事実上、この二人の戦いの結末がこの場を左右するわね。しかし煩わしいとはいえ、この小僧をランクDに認定するなんて機関はなんて愚かなのかしら。能力者の正当な実力も測れないで、能力者の地位の確立などお笑い種もいいところ。あの小僧もさぞ不満でしょう」

そこに止水と祐人がぶつかり合った衝撃波がロレンツァのところまで至り、衝撃波に乗った木の葉をロレンツァは扇子で弾いた。

「では……ククク、簡単に手に入ったことですし」

ロレンツァは目線のところに血のついた木の葉を摘まみ上げてニンマリと目を垂らせて喉を鳴らす。

「あの小僧の血……さあ、私が応援をしましょう。忌まわしきこの世界に呪われた私の声援を一身に受けなさい！」

ロレンツァの瞳孔が開き、上空に向けて両腕を広げるとロレンツァの全身からどす黒い魔力が湧きだした。

「……っ！」

祐人は止水とぶつかり距離を取ると眉を顰める。

背筋にゾクッとした感覚を覚えたのだ。

(何だ？　体が重い。いや、それより先ほどから感じるこの視線は……)

そこに止水が飛び込んでくる。

「クッ！」

迎え撃つ祐人の動きが半瞬遅れ、棍の重撃に耐えられず倚白が弾かれた。

止水の眼光が鋭くなる。このわずかな隙を見逃さずに棍を大地に突き刺し体を浮かせて右脚を祐人の胸に叩きこむ。

（避けきれない！）

祐人は咄嗟に左腕で胸部を守り、止水の豪快な蹴りをまともに受けると後ろに吹き飛んだ。祐人の身体は銃弾のように滑空し何本もの木々をなぎ倒しながらようやく大木の幹にめり込むことで止まる。

祐人は口から血が混じった涎を垂らし、危なく意識を手放しそうになった。

「な……何だ、この感覚は」

祐人は自分の左腕が使い物にならなくなったことを確認しつつ目を細め止水のいるはずの方向に目を移した。そこでまた背筋に冷感を覚える。

（まただ……誰かが見ている。凄まじい邪気を放って……まさか！）

祐人が視線だけで辺りを確認し、仙氣の輪を最大限に広げた。その輪の中に猛スピードで左方向から接近してくる気配を感じる。

（ハッ⁉）

祐人は全身をバネのようにしてその場から離脱した。

直後、祐人のいたところを止水の棍が通りすぎていき大木を吹き飛ばす。

祐人は前転で受け身を取るとそのまま跳躍して止水との距離を取ろうとした。

そして粉砕骨折をしている自分の左腕を見て舌打ちをする。

祐人は止水に気を配りながらいまだに感じる視線の主を探した。

だがそこを瞬時に間合いを詰めてきた止水に左側面からの棍による攻撃を受ける。祐人は身体を屈めて躱し、体を回転させてバックブローの要領で倚白を横に薙いだ。

倚白が空を切ると止水が正面の枝の上に着地するのを見る。

「どうした、堂杜祐人！　寝ぼけているのか！　それともそれが実力か！」

その止水の言葉にピクッと祐人の身体が反応し、その目に力がこもった。

「……ふざけんなよ」

祐人は左腕を垂らしながら止水を見上げ、倚白の刃先を向けて歯を食いしばる。

「僕は最上級の大馬鹿偏屈野郎を志平さんのところまで引きずりだすために来てるんだ！」

「減らず口を！　ではやってみろ！」

「ああ、やってやるさ！　この偏屈鳥が！」

祐人は濃密な仙氣を練り止水に飛びかかった。

この仙道使いたちの様子をやや離れた大木の上から高みの見物をしているロレンツァが歪んだ笑みを見せる。

「ククク、傾いてきたわね。それにしてもあの小僧……私の声援を受けてもあのような動きが出来るなんて凄いわ。今の小僧には人間どものあらゆる暗い感情が集中しているというのに。アーハッハ！　ああ、可笑しい！　運気もなく生命力も落ち、気力も殺がれていく中でも戦うことを止めないなんてなんて小僧なの！　大馬鹿ね！」

心底可笑しい、と高笑いをするロレンツァは笑みを止め、憎しみが形を成したような根暗な目で祐人を睨みつけた。

「気に障る小僧。まだ……足りないようね。ではここからは私も全力で応援するわ。私とアレッサンドロが感じた、この世界に見放され、敵視され、何者にも同調されない世界を体感するがいいわ。呼吸する気力すらなくなる人間どもの悪意……妬み、嫉み、反感、嫌悪、誤解され、忌避され、迫害され、さらには亡き者にされようとした人間の見た世界を！　それで戦ってみるがいい。善意も慈善もすべてを否定された挙句に得るものも何もない中で戦えるのなら！」

ロレンツァの脳裏に当初は自分たちをもてはやし、尊敬し、心服して集まってきた人間たちが豹変するように襲ってきた映像がよぎる。

始まりは生活に苦しむパリ市民への無償の相互援助の事業だった。

薬師であり錬金術師だったアレッサンドロ、人の運気を見極める占い師でもあったロレンツァがパートナーになり、貧民街の住人たちの笑顔を取り戻した日々。

そしていつか……その風貌や立ち居振る舞いからアレッサンドロが自然と伯爵と呼ばれだすとロレンツァも貴婦人として扱われた。

すると、その噂を聞きつけて訪れた貴族の子息たちと知人として繋がっていくようになっていった。

やがて二人は貴族の子息たちの紹介で王侯貴族の集まるパーティーや舞踏会にも顔を出すようになった。

徐々に自分たちの事業の賛同者も増えていき、資金の提供を受けることさえあった。

だが……その良き時はある日突然に終わりを告げることになる。

アレッサンドロの異界の研究がある組織に探られ危険視されたのだ。

この時、そのアレッサンドロの異界の研究は医術、錬金術の促進のためだった。

まだ人外の存在がそれほど否定されていなかった時代である。

アレッサンドロはこの世に顕現する人外たちの故郷があることを突き止め関心を示し、その世界にある独自の術の体系に自分の錬金術を醸成させるヒントを得たのだ。

これはアレッサンドロの、治癒術と不老長寿にたどり着けるのではという想いと錬金術師としての研究心を刺激することになる。

更には自分ら能力者たちの起源にも関係があるのではないかという仮説まで立てるとアレッサンドロは狂ったように異界の研究に没頭し、その途上で現世と異界は隣合わせに存在している近しい世界ではないかというところまでの結論を得たのだった。

これがオルレアン家の暗部を担う裏オルレアンに知られると状況は急変する。

オルレアンの謀略に巻き込まれ無実の罪に問われた。

それは冤罪として釈放されるが家に戻ると二人を待っていたのは今まで自分たちに心酔していた市民たちの、身に覚えのない冷たい怨嗟の視線。

中にはあからさまに聞こえる声で詐欺師や悪魔教の教主などと罵倒された。

そして裏オルレアンに扇動された貧民街の住人はある夜にアレッサンドロとロレンツァの家を襲い、略奪し、火を放った。

這う這うの体で研究資料を抱きしめながら出てきたアレッサンドロとロレンツァは火に

囲まれかけ、貧相な厩舎で鳴いている馬に跨がると荒ぶる住人の間を走り抜け脱出した。

郊外に出たところで二人は炭にまみれた体で地面に腰を下ろした。

二人は無言で生気のない目で見つめ合うと涙を流し抱きしめ合った。

市民たちとの残酷なすれ違いに涙したのだ。

たしかに策謀に踊らされたのだろう、そして扇動もされたのだろう。

だが、これまでに自分たちがしてきたことを彼らは実際に見てきたのではなかったか。

であるのに何故、自分たちと市民たちがこんなすれ違いを起こすのか。

二人は焦げ付いた衣服を纏い、延々と抱きしめ合いながらすすり泣いた。

その場に裏オルレアンの者たちの待ち伏せを受けていることも知らずに……。

ロレンツァは今、口の両端が裂けるような笑みをみせて強力な呪詛を送り込んでいる仙道使いの小僧を見下ろした。

「愚かで邪魔な小僧……早く折れてしまいなさい。心も魂も削られるこの呪われた世界を感じて！」

次に広場で続いている戦闘の中にいるマリオンに瞳のない暗黒の眼球を向ける。

「そして、オルレアンの穢れた血を引く小娘……お前は異界の盟主を呼び込む贄となるのよ。それこそがお前に相応しい最期。安心しなさい、すぐにお前の実家の者たちも後を追わせるわ。ああ、待ち遠しい！　さあ、その名を口にするのも憚られる御方……アズィ・ダハーク様。貴方様に支配されることでようやく悪しき人間どもと善き妖魔との共存が成る！　貴方様に頂いたこの力と肉体で私たちはそれを必ずや成しますわ！」

ロレンツァは恍惚とした表情で朝日をその顔に受けたのだった。

あとがき

たすろうです。

魔界帰りの劣等能力者6巻をお手に取って頂き、誠にありがとうございます。

この6巻は第三章上中下でいうと中巻にあたります。

いかがでしたでしょうか？　楽しんで頂けたのならとても嬉しいです。

え、まさか今回も2章に続いて上中下の構成だとは思わなかった？

それはすみません。三章も三部構成となりました。

ですので、次回の7巻が三章の完結巻となります。こうご期待くださいませ。

さて6巻ですが、戦闘シーンが多かったのではないでしょうか。私もそのように感じています。とにかく戦いましたね、この巻は。

三章は燕止水という登場人物との戦い自体が話の中心の一つになっておりますので是非、堪能してください。

祐人と止水は同じ仙道使い同士、しかも戦い方まで似ている近接戦闘特化型同士です。

そういうことから二人の戦闘はがっちり合います。

言い換えるとがっぷりよつということになります。

そのため読まれている読者様も気づかれたり感じられたりしたかもしれませんが、今回の祐人は今までと違って戦い方に泥臭さを覚えるかもしれません。

何か祐人の戦い方がスマートではないなぁ、と思われた方、それは相手が止水であった、ということが大きな理由なんです。

その辺も楽しんで頂ければと思います。

ちなみに止水という名前はその名の通り〝水を止める〟というところから発想を得てつけました。

ここでは描かれていませんが、それは止水の師匠の崑羊と止水の仙術の奥義の一つになっているからです。

単純に術として水を操る技に長けているという意味もあります。ですがそれよりも命の源である水を止める、という崑羊の戦闘における考え方、戦闘スタイルからきています。

つまり、如何にして物心両面から相手を追い詰めるか、を体現しているのです。ですので相対した敵の精神状態をよく見ています。若干、それを感じさせるようにセリフ等を描いているのですが分かりづらかったかもしれませんね。

ちなみに「止水」という言葉なのですが、もちろん水を止めるという意味でありますが、ペタペタ貼る「シール」の意味もあるんです。

理由は音が似ているからです。

これは外来語につけた当て字なんですね。よくあることなんですが、私が思うにこんなカッコいい当て字は中々ないと思いますね。

さてさて話を戻しますが6巻においても新キャラが出てきました。

特に祐人の契約人外の鞍馬と筑波のハイテンションコンビには私も期待しています。

どうか活躍……してくれるかな？　いや期待しましょう！

皆様も今後の展開をお待ちくださいね。

次巻でまたお会いしましょう。

それと告知です！

なんと「魔界帰りの劣等能力者」のコミックが4月12日に発売予定なんです。

偶然ですがこの6巻の発売と非常に近い日程となりました。

コミック版も是非ともお手にとってくださいね。そして皆に勧めましょう（笑）

最後にＨＪ文庫の編集の皆さま、営業の方、担当のＳさん、そして、大変お忙しい中、いつも超絶素敵なイラストを描いてくださるかるさんに感謝を申し上げます。

一冊の本にこれだけの方たちのお力を頂いていることを常に忘れないようにしております。

また何よりも、この本をお手に取ってくださいました読者様、この物語を応援してくださっている方々に最大限の感謝を申し上げます。皆様の声は作者にも届いております。

これからもよろしくお願いいたします。

誠にありがとうございました！

「お前らはね……
この劣等能力者の僕に
呪われたんだよ」

祐人と止水の激闘は極まり、そこに
闇夜之豹の女幹部ロレンツァが介入することで
戦いの行方は予想がつかないことに。
そして互いの信念を賭した戦いが
終着を迎えた時、ついにロレンツァたちの
おぞましい思惑が明かされ――祐人は!!

魔界帰りの劣等能力者

{呪いの劣等能力者}

The inferior in ability who returned from the demon world

7

2021年秋、発売予定!!

HJ文庫 http://www.hobbyjapan.co.jp/hjbunko/
928

魔界帰りの劣等能力者

6．二人の仙道使い

2021年4月1日　初版発行

著者——たすろう

発行者—松下大介
発行所—株式会社ホビージャパン

〒151-0053
東京都渋谷区代々木2-15-8
電話　03(5304)7604（編集）
　　　03(5304)9112（営業）

印刷所——大日本印刷株式会社

装丁——小沼早苗（Gibbon）／株式会社エストール

ISBN978-4-7986-2477-8　C0193

異界心理士の正気度と意見 1
—いかにして邪神を遠ざけ敬うべきか—

著者／水城正太郎
イラスト／黒井ススム

江ノ島にクトゥルフ上陸！

2013年、江ノ島に邪神が上陸した。鎌倉周辺は狂気に沈み、"異界"と呼ばれる特異地域と化している。誰もが狂気に陥るなか、専門の心理士だけが正気を保とうとする人々の救いだった。無免許にして最高の心理士、島野優月は望んで異界に住み込み、怪異と対峙し続ける。本格クトゥルフ怪異譚の連作短編。

元カノ先生は、ちょっぴりエッチな家庭訪問できみとの愛を育みたい。1

著者／猫又ぬこ
イラスト／カット

先生、俺を振ったはずなのにどうして未練まる出しで誘惑してくるんですか!?

二連続の失恋を食らった俺の前に元カノたちが新任教師として現れた。二人とも、俺が卒業するまでは教師らしく接すると約束したのだが……。「ねえ、チューしていい？」「私との添い寝、嫌いになったの？」ふたり同時に抜け駆け＆通い妻としてこっそり愛を育もうとしてきて—!?

幼馴染で婚約者なふたりが恋人をめざす話 1

著者／緋月 薙
イラスト／ひげ猫

高校生だけど熟年夫婦!?
糖度たっぷり激甘ラブコメ！

苦労性な御曹司の悠也と、外面は完璧だが実際は親しみ易いお嬢様の美月。お互いを知り尽くし熟年夫婦と称されるほどの二人だが、仲が良すぎたせいで「恋愛」を意識すると手も繋げないことが発覚!?　自覚なしバカップルがラブラブカップルを目指す、恋仲“もっと”進展物語、開幕！

いっつも塩対応な幼なじみだけど、俺に片想いしているのがバレバレでかわいい。1

著者／六升六郎太
イラスト／bun150

ある意味素直すぎる幼なじみとの大甘ラブコメ！

高校二年生の二武幸太はある日『異性の心の声が聞こえる』力を授かる。半信半疑の幸太に聞こえてきたのは、塩対応ばかりの幼なじみ・夢見ヶ崎綾乃の《今日こそこうちゃんに告白するんだから！》という意外すぎる心の声。綾乃の精神的な猛アピールに驚く幸太だったが──！？